VON ARMEN SCHNORRERN UND WEISEN RABBIS

Witze, Anekdoten und Sprüche

Eulenspiegel Verlag

Herausgegeben, mit einem Nachwort versehen
und teilweise aus dem Jiddischen und Polnischen
übersetzt von Jutta Janke

Wenn man einem russischen Bauern einen Witz erzählt, lacht er dreimal: das erste Mal, wenn er den Witz hört, das zweite Mal, wenn man ihm den Witz erklärt, und das dritte Mal, wenn er ihn verstanden hat.
Erzählt man einem Gutsbesitzer einen Witz, lacht er zweimal: das erste Mal, wenn er den Witz hört, und das zweite Mal, wenn er ihn erklärt bekommt. Kapieren wird er ihn nie.
Ein Offizier lacht nur einmal: wenn man ihm den Witz erzählt; denn erklären lässt er sich prinzipiell nichts, und verstehen wird er ihn sowieso nicht.
Erzählt man einem Juden einen Witz, sagt er: »Den kenn ich schon«, und erzählt einen besseren.

Ein Mann hatte sich beim Schneider eine Hose bestellt. Die Hose wurde und wurde nicht fertig. Endlich, nach einem Monat, war es so weit.
Beklagte sich der Kunde: »Gott hat die Welt in sechs Tagen erschaffen, und Sie brauchen für ein Paar Hosen einen vollen Monat.«
»Sehen Sie sich doch die Welt an«, entgegnete der Schneider, »und dann betrachten Sie diese Hose!«

Rebbe, ich verstehe das nicht: Kommt man zu einem Armen, der ist freundlich und hilft, wo er kann. Kommt man aber zu einem Reichen, der sieht einen nicht mal. Was ist das bloß mit dem Geld?«
Da sagt der Rabbi: »Tritt ans Fenster! Was siehst du?«
»Ich sehe eine Frau mit einem Kind. Und einen Wagen, der zum Markt fährt.«
»Gut. Und jetzt tritt vor den Spiegel. Was siehst du?«
»Nu, Rebbe, was werd ich sehen? Mich selber.«
»Nun siehst du: Das Fenster ist aus Glas gemacht, und der Spiegel ist aus Glas gemacht. Man braucht nur ein bisschen Silber dahinterzulegen, schon sieht man nur noch sich selbst.«

Ein armer Mann kam einmal zu einem Reichen und bat um ein Almosen. Da fing der Reiche an zu schreien: »Hinaus mit dir Hungerleider! Ich habe nichts zu verschenken!«, und beschimpfte ihn, was das Zeug hielt.
»Warum bin ich nur hierhergekommen?«, klagte der Bettler. »Soll sie selbst zu Euch kommen, die mich geschickt hat.«
Als der Reiche das hörte, schrie er noch lauter: »So eine Frechheit! Wer hat es gewagt, dich zu mir zu schicken?«
»Wer? Die Armut.«

Stoßgebet: »Großer Gott, hilf mir! Du erbarmst dich doch über ganz fremde Leut, warum nicht über mich?«

In der langen Nacht sang der Rabbi in der Synagoge den Bußpsalm. Als er zu der Stelle kam, wo es heißt: »Es ist alles von Staub gemacht und wird wieder zu Staub«, schluchzte ein Jude heftig auf. Sein Nachbar suchte ihn zu beruhigen: »Mojsche, was weinst du? Wärst du von Gold und müsstest zu Staub werden, hättest du alles zu verlieren. So bist du Staub und wirst zu Staub, gewinnst nichts und verlierst nichts.«

Blum trifft am Versöhnungstag seinen Konkurrenten Löw im Bethaus. Gewillt, mit ihm Frieden zu schließen, streckt er ihm die Hand hin und sagt: »Ich wünsche dir dasselbe, was du mir wünschst!«
»Fängst du schon wieder an!«, erwidert Löw gekränkt.

Simon Parech wandert über Land. Halb verdurstet, entdeckt er einen Birnbaum. »Lieber Gott, wenn ich hinaufklettern und mir ein paar Birnen pflücken könnt, würde ich zehn Taler für die Bedürftigen geben.« Er beginnt zu klettern, es geht besser als ge-

dacht, und auf halbem Wege sagt er: »Drei Taler würd ich wirklich geben.« Endlich, als er schon in Reichweite der Birnen ist, meint er: »Ach was, gar nichts werd ich geben.«
In diesem Augenblick bricht der Ast. Simon plumpst auf die Erde und ruft, indem er sich die schmerzenden Glieder reibt: »Gleich schmeißt er! Vielleicht hätt ich doch was gegeben!«

Einen russischen Juden hat es in eine deutsche Kleinstadt verschlagen. Er wundert sich, wie klein dort das jüdische Bethaus ist. »Da geht doch nie im Leben die ganze Gemeinde rein!«, sagt er zum Synagogendiener.
»Das ist so«, erklärt der, »würde tatsächlich mal die ganze Gemeinde reingehen, würde sie natürlich nicht reingehen. Da es aber nie vorkommt, dass die ganze Gemeinde reingeht, geht sie ohne weiteres rein.«

In ein Städtchen kam einmal ein Fremder. Er ging ins Bethaus, nahm sich ein Buch und setzte sich auf die letzte Bank, um zu lernen. Das tat er mehrere Tage nacheinander. Einmal, als die Männer Thora lernten, zeigte sich, dass er ein gelehrter Mann war. Aber als man ihn bat, auf der Ehrenbank Platz zu nehmen, be-

stand er darauf, im hintersten Winkel zu bleiben: ein bescheidener Mann.
Einmal kam der Rabbi ins Bethaus und sagte: »Ich habe gehört, dass bei euch ein fremder Jude betet, ein sehr bescheidener. Ich möchte ihn sehen.« Da steht der Jude auf und ruft: »Rebbe, der Bescheidene bin ich.«

Die Frau eines reichen Kaufmanns kam außer Atem ins Zimmer gestürzt und verkündete, der Messias sei auf dem Wege in die Stadt.
»Das hatte uns gerade noch gefehlt!«, stöhnt ihr Mann. »Da hat man sich ein Grundstück gekauft und ein Haus drauf gebaut, das Geschäft fängt an, Gewinn abzuwerfen, und nun müssen wir alles stehen und liegen lassen, um dem Messias zu folgen!«
»Nimm es dir doch nicht so zu Herzen«, versucht die Frau ihn zu beruhigen. »Bedenke doch, wie viel unser Volk schon durchgemacht hat: die Knechtschaft in Ägypten, die Babylonische Gefangenschaft, Hamans Verfolgungen, zweitausend Jahre in der Fremde und all die Pogrome. Mit Gottes Hilfe werden wir auch den Messias überstehen.«

Mendel hat auf dem Viehmarkt ein Pferd gekauft. Auf dem Heimweg wird er von einem Unwetter überrascht, das Pferd scheut und geht ihm durch. Mendel glaubt sich verloren. In höchster Not gelobt er: »Herr, wenn du mich diese Gefahr mit heilen Gliedern überstehen lässt, so will ich den Gaul wieder verkaufen und den gesamten Erlös für eine fromme Sache stiften.« Bald darauf wird der Himmel klar, das Pferd beruhigt sich, Mendel ist gerettet. Getreu seinem Gelübde reitet er unverzüglich zum Markt zurück, wo er zunächst ein Huhn ersteht. Dann ruft er aus, er habe ein Pferd zu verkaufen. Es melden sich Kauflustige: »Was soll der Gaul kosten?«
Mendel erklärt, dass er das Pferd allein nicht abgebe. Er habe auch noch ein Huhn und wolle die beiden Tiere nur zusammen verkaufen.
»Nu also, wie viel?«
»Das Pferd soll kosten einen Gulden fünfzig und das Huhn vierhundert Gulden!«

Gabriel Tiktin betet sich in große Aufregung hinein. Immer lauter werden seine Rufe, immer wilder beginnt er zu gestikulieren. Sein Nachbar am Gebetpult klopft ihm beschwichtigend auf die Schulter. »Schrei nicht so mit Gott. Glaub mir, in Güte wirst du bei ihm mehr ausrichten.«

Nach einem Schiffbruch sitzen zwei Juden im Rettungsboot. »Großer Gott«, betet der eine, »wenn du uns mit dem Leben davonkommen lässt, will ich die Hälfte meines Vermögens für einen guten Zweck hergeben.« Sie rudern den ganzen Tag und die ganze Nacht – weit und breit ist kein Schiff zu sehen. »Herr«, verspricht der Jude, »wenn du uns aus unserer Not errettest, opfere ich zwei Drittel meines Vermögens.« Am dritten Tag ist die Lage noch genauso trostlos. »Herr im Himmel«, betet der Jude wieder, »wenn wir durch deine Hilfe aus diesem Schlamassel herauskommen ...«
»Halt!«, unterbricht ihn der andere, »hör auf mit den Angeboten. Land in Sicht!«

Ein Freidenker fragte einen Talmudisten, was er von Spinozas Auffassung halte, dass der Mensch nicht höher stünde als die Tiere. »Wenn das so ist«, antwortete der Talmudist, »dann erkläre mir doch, warum es im Tierreich keinen Spinoza gibt.«

Kohn philosophiert: Es geht uns schon recht mies auf dieser Welt. Nu, dafür wird es uns im Jenseits umso besser gehen ... Das heißt, gelacht hätt ich, wenn sich herausstellen würde, dass es das gar nicht gibt, das Jenseits.

Cheskel Herz, ein russischer Nihilist, ist zum Tode verurteilt. Kurz vor der Exekution tritt der Rabbiner in seine Zelle. »Ich komme zu Euch, um Euch das Wort Gottes zu verkünden.«
Herz: »Dazu brauch ich Sie? In einer halben Stunde sprech ich mit Ihrem Herrn Chef!«

Ein Rabbi mietete einmal ein Fuhrwerk, das ihn in die nächste Stadt bringen sollte. Als der Weg anstieg, sagte der Fuhrmann zu seinem Fahrgast: »Habt Mitleid mit meiner armen Mähre und helft mir schieben.« Der Rabbi erfüllte die Bitte. Als es bergab ging, bat der Fuhrmann den Rabbi: »Gehn wir doch zu Fuß. Meine Bremsen sind schlecht.«
An Ort und Stelle angekommen, gab der Rabbi dem Kutscher den Fuhrlohn mit den Worten: »Weshalb ich dich gemietet habe, ist klar: Ich wollte ins Städtchen fahren. Weshalb du den Auftrag angenommen hast, ist auch klar: Du und deine Familie, ihr müsst leben. Aber sag mir doch: Was hat das Pferd mit dem Ganzen zu tun?«

Zum Rabbi von Stryj kam ein junger Mann und bat um Rat. Er könne sich nicht entschließen, ob er heiraten solle oder nicht.

»Der Vater ist ein angesehener und gebildeter Mann.«
»Also heirate.«
»Aber die Tochter ist hässlich wie eine Kröte.«
»Dann heirate nicht.«
»Sie bekommt aber zwanzigtausend Gulden mit.«
»Dann heirate sie.«
»Aber sie hinkt.«
»Also heirate sie nicht.«
»Der Vater will mich als Kompagnon nehmen.«
»Also heirate.«
»Aber die Tochter ist zänkisch.«
»Also heirate sie nicht.«
»Ja, welchen Rat gebt Ihr mir denn nun?«
»Ich meine«, antwortete der Rabbi nach langem Nachdenken, »du solltest dich taufen lassen.«
»Aj, Rebbe, wozu?«
»Dann würdest du Hochwürden auf die Nerven fallen und nicht mir.«

Zum Rabbi kommt eine Frau in höchster Sorge gelaufen. Ihr Kind hat einen unstillbaren Durchfall. »Geht nach Hause und sprecht Psalmen«, sagt der Rabbi, »dann wird das Kind geheilt sein.«
Nach einer Woche kommt die Frau wieder. »Rabbi, das Kind ist schon wieder krank, es hat seit drei Tagen keinen Stuhlgang.«

»Nun, gute Frau, Gebete wirken Wunder. Geht nach Hause und sprecht Psalmen.«
»Aber Rebbeleben, was sagt Ihr da? Psalmen stopfen doch!«

Zum Wunderrabbi kommt Iekel Klesmer. »Rabbi, ich bin von Gott geschlagen, Ihr müsst mir helfen: Erstens kann ich kein wahres Wort reden, und zweitens hab ich keinen Geschmack auf der Zunge.«
Der Rabbi geht ins Nebenzimmer und kehrt mit einer Arznei zurück. »Zerbeißt diese Pille und schluckt sie runter.«
Klesmer steckt die Pille in den Mund und schreit: »Was gebt Ihr mir da zu essen? Das ist doch Dreck!«
Der Rabbi: »Schon ist Euch geholfen. Denn erstens könnt Ihr wieder schmecken, und zweitens habt Ihr die Wahrheit gesprochen: Es ist wirklich Dreck.«

Der Rabbi von Dubno gab einem Kandidaten, der sich in einer kleinen jüdischen Gemeinde um das Rabbinat bewarb, ein Empfehlungsschreiben mit, in dem stand: »Er ist wie Moses, wie König Salomo, wie Aristoteles.«
Bald stellte sich jedoch heraus, dass der neue Rabbi ungebildet, ein Leichtfuß und ein miserabler Redner

war. Als die enttäuschte Gemeinde dem Rabbi von Dubno Vorwürfe machte, entgegnete dieser: »Was wollt ihr? Ich habe die reine Wahrheit geschrieben: Er stottert wie Moses, stellt den Weibern nach wie Salomo, und wie Aristoteles hat er keine Ahnung vom Hebräischen.«

Eine Jüdin kommt zum Rabbi. »Rebbe, Ihr müsst mir einen Rat geben. Ich habe einen Hahn und eine Henne. Eines von beiden muss ich schlachten. Doch wenn ich den Hahn schlachte, wird sich die Henne grämen; schlacht ich die Henne, grämt sich der Hahn. Was soll ich tun?«
»Der Fall liegt sehr schwierig«, sagt der weise Rabbi, »ich will darüber nachdenken. Kommt morgen wieder.«
Am nächsten Tag erhält die Frau den Bescheid: »Ihr sollt die Henne schlachten.«
»Aber, Rebbe, da wird sich doch der Hahn grämen!«
»Nu, soll er sich grämen!«

Ein Wunderrabbi hat den Besuchern den ganzen Tag über gegen Honorar Rat erteilt und die Zukunft vorhergesagt. »Na, könntest du das auch?«, fragt er seinen Diener, der bewundernd zugesehen hat.

Der Diener zögert mit der Antwort. »Zum Teil schon«, meint er schließlich. »Den Leuten raten und weissagen, das könnte ich auch ... Aber mit ernstem Gesicht Geld dafür nehmen, ich glaube, das brächte ich nicht fertig.«

Ein Chassid brüstet sich mit seinem Rabbi: »Glaubt mir, Gott selber spricht jeden Freitagabend mit ihm!«

»Woher weißt du das?«, fragt ein Zweifler.

»Er hat es mir selbst erzählt.«

»Vielleicht hat er gelogen?«

»Was fällt dir ein!«, entrüstet sich der Chassid. »Wird Gott mit einem Lügner reden?«

Ein anderer Chassid prahlt: »Unser Rebbe fastet von einem Sabbat zum andern.«

»Das ist gelogen! Ich habe selbst gesehen, wie er an einem Wochentag gegessen hat.«

»Ach, das tut er doch nur aus Bescheidenheit, damit niemand merkt, dass er fastet.«

Nach Eurer gestrigen Predigt konnte ich die ganze Nacht kein Auge zutun«, sagt ein Zuhörer zum Wanderprediger.

»So haben Euch meine Worte beeindruckt?«

»Das weniger. Aber wenn ich am Tage schlafe, liege ich hinterher die ganze Nacht wach.«

Der Rabbi ist erbost, dass die Gemeindemitglieder so säumige Steuerzahler sind, und in der Predigt lässt er seinem Zorn freien Lauf: »Die Kultussteuern wollt ihr nicht zahlen, aber auf dem jüdischen Friedhof begraben sein – das würde euch Freude machen!«

Entzweite Eheleute stehen vor dem Rabbi. »Warum hast du deinen Mann gekratzt? Weißt du nicht, dass der Mann das Haupt der Familie ist?« Die streitbare Frau senkt den Blick und sagt: »Rabbi, kann man sich nicht mal am Kopf kratzen?«

Zwei Nachbarinnen gehen wegen eines Topfes zum Rabbi. »Warum gibst du den Topf nicht zurück, den du dir ausgeliehen hast?«, fragt der Rabbi die Beklagte. »Aber Rebbe!«, schreit die Jüdin. »Erstens habe ich mir gar keinen Topf geliehen. Zweitens hatte der Topf ein Loch. Und drittens habe ich ihn schon längst zurückgegeben.«

Zwei Talmudschüler streiten sich, ob man beim Talmudlernen rauchen dürfe. Da sie sich nicht einig werden können, geht der eine zum Rabbi.
»Rebbe, darf man beim Talmudlernen rauchen?«
»Nein!«, antwortet der Rabbi entrüstet.
»Du hast nicht richtig gefragt«, meint der andere und geht seinerseits zum Rabbi.
»Rebbeleben, darf man beim Rauchen Talmud lernen?«
»Aber ja«, entscheidet der Rabbi.

Eine jung verheiratete Frau kommt weinend zum Rabbi. Sie wohnt mit ihrem Mann bei ihrem Vater – beide prügeln sie.
Der Rabbi bestellt den Vater zu sich. »Bei Euerm Schwiegersohn wundert's mich nicht«, sagt er, »der ist als Grobian bekannt. Aber Ihr seid doch ein friedlicher Mensch! Weshalb schlagt Ihr Eure arme Tochter?«
»Rebbe«, erwidert der Mann, »ich tue es nur, um meinen Schwiegersohn zu strafen: Haut er mir meine Tochter, hau ich ihm seine Frau!«

Zwei Talmudschüler diskutieren.
»Ich verstehe nicht, warum ein frommer Jude nicht ohne Kopfbedeckung herumlaufen darf. In der Thora steht doch kein Wort davon.«
»Das stimmt schon, wörtlich drin steht es nicht. Aber die Thora ist voll von indirekten Hinweisen. Da steht zum Beispiel: ›Jakob zog aus von Beer-Seba und reiste gen Haran.‹ Glaubst du im Ernst, dass ein frommer Jude wie Jakob so einen weiten Weg ohne Kopfbedeckung gegangen ist?«

Der angesehene Rabbi Gutmacher von Grätz hatte einen Bruder, der ein Trinker war. Einmal versuchte der Rabbi seinem Bruder klarzumachen, dass er es dem Ruf der Familie schuldig sei, sich nicht mehr zu betrinken. »Was willst du denn?«, fertigte ihn der Trinker ab. »Meine Familie ist besser als deine.« Der Rabbi sah ihn verständnislos an. »Das kann ich dir beweisen: Ich hab einen Bruder, der ist Rabbi von Grätz, aber du hast einen Bruder, der ist nebbich ein Säufer.«

Ein Talmudschüler war einmal zum Sabbat beim Gemeindevorstand eingeladen. Es gab Fisch. Der Schüler war hungrig, aber der Fisch war schon so alt, dass er stank. Nun hätte es sich nicht geschickt, den Fisch abzulehnen, aber essen mochte ihn der Schüler auch nicht. So beugte er sich über den Teller und murmelte leise vor sich hin.

»Was tut Ihr da?«, fragte ihn der Gastgeber.

»Ich rede mit dem Fisch.«

»Und was redet Ihr mit ihm?«

»Ihr müsst wissen, bei uns im Städtchen ist vor zwei Wochen ein Jude ertrunken, und man hat ihn nicht finden können. Da hab ich den Fisch gefragt, ob er den Juden nicht gesehen hat.«

»Nu, und was hat Euch der Fisch geantwortet?«

»Er sagt, davon weiß er nichts, er ist schon zu lange aus dem Wasser heraus.«

Rabbi, darf einer die Schwester seiner Witwe heiraten?«

»Dürfen darf er schon, aber können wird er nicht.«

Rabbi, gibt es ein absolut sicheres Mittel, dass die Frau nicht schwanger wird?«

»Es gibt: Ein Glas Wasser trinken.«

»Vorher – oder nachher?«

»Anstatt.«

Rebbe, wie entsteht eigentlich Regen?«
»Das ist so: Die Wolken sind wie große, nasse Schwämme. Wenn sie nun bei Wind aneinanderstoßen, dann ist es, wie wenn man Schwämme auspresst: Es kommt Wasser heraus.«
»Was habt Ihr für einen Beweis, Rebbe, dass es so ist?«
»Na, du siehst doch: Es regnet.«

Ein Chassid erzählt: »Die meisten Wundertaten der Rabbis kennt man doch nur vom Hörensagen. Ich aber kann euch von einem Wunder erzählen, das ich selbst miterlebt habe: Eines Tages sah unser Rabbi einen jüdischen Knaben Schweinespeck kauen. Er war so erzürnt über diese Sünde, dass er sich hinreißen ließ und ausrief: ›Das Haus soll über dem Frevler zusammenbrechen!‹ Doch rasch besann er sich und rief: ›Halt! Um der Gerechten willen, die vielleicht in dem Haus wohnen, soll es stehen bleiben!‹ Und was soll ich euch sagen: Das Haus blieb stehen.«

Drei Juden aus drei verschiedenen Städten treffen sich im Zug. Ins Gespräch gekommen, beginnen sie, mit ihren Rabbis zu prahlen.
»Kürzlich hat Toscanini bei uns in der Stadt gastiert«, erzählt der erste. »Alle warteten, dass das Konzert

endlich anfängt, aber das Orchester blieb stumm. Da betrat unser Rebbe den Saal. Toscanini verbeugte sich vor ihm, hob den Taktstock, und das Konzert begann.«
Der zweite erzählt: »Als der englische König gekrönt wurde, war unser Rebbe auch in London. Alle waren schon versammelt. Der Erzbischof hielt die Königskrone in der Hand, aber er wollte und wollte nicht krönen. Als man ihn nach dem Grund fragte, sagte er: ›Ich warte, bis der Rebbe kommt. Solange er nicht da ist, kann ich nicht mit der Krönung anfangen.‹«
»Das ist noch gar nichts«, meinte der dritte. »Unser Rebbe war vor kurzem in Rom. Als er mit dem Papst aus dem Dom auf den Petersplatz heraustrat, fuhr gerade der italienische König vorbei. Der König verneigte sich vor unserm Rebben und fragte seinen Adjutanten leise: ›Sag mal, wer ist denn der Goj neben dem Rebben von Berditschew?‹«

Ein Chassid erzählt: »Einmal fiel unser Rebbe ins Wasser. Dort war es über drei Meter tief, und unser Rebbe kann nicht schwimmen. Zum Glück hatte er zwei marinierte Heringe bei sich. Die nahm er in die Hand, da wurden sie lebendig und zogen ihn an Land.«
»Das glaub ich dir nicht. Wie willst du das beweisen?«
»Du siehst doch: Der Rebbe ist noch am Leben.«

Man hört so viel von den Wundertaten der Rabbis. Ich will euch erzählen, was ich einmal selbst miterlebt habe: Ein Gelähmter kam auf Krücken zum Rabbi und bat ihn, ein Wunder zu tun. Der Rabbi betete lange, dann rief er: ›Der Mann soll seine Krücken wegwerfen!‹«

»Na und?«, fragten die Zuhörer gespannt.

»Was soll ich euch sagen – hingefallen ist der Mann.«

»Aber das ist doch kein Wunder!«

»Wunder ist es keins, aber dabei bin ich gewesen.«

Ein Chassid erzählt von den Wundertaten seines Rabbi: »Stellt euch vor: Unser Rabbi war eines Tages unterwegs und hatte seinen Schirm vergessen. Da zog ein Unwetter auf, es fing an zu gießen. Was tut unser Rabbi? Er winkt mit der linken Hand, er winkt mit der rechten Hand, und es regnete links, und es regnete rechts, aber in der Mitte, wo der Rabbi ging, blieb der Weg trocken.«

»Auch ein Wunder!«, mokiert sich einer der Zuhörer. »Ich will euch von unserm Rabbi erzählen, dann werdet ihr sehen, was ein Wunder ist: Unser Rabbi war einmal an einem Freitag unterwegs und wurde von der Dämmerung überrascht. Was sollte er tun, bald würde der Sabbat anbrechen, und einem Juden ist es verboten, am Sabbat zu reisen. Da winkte unser Rabbi rechts, er winkte links, und das Wunder geschah: Rechts war Sabbat, und links war Sabbat, aber in der Mitte, wo der Rabbi ging, war Freitag.«

Zwei Juden treffen sich am Sonnabend auf der Kurpromenade.

»Kohn, stimmt das, du sollst unserm Glauben abtrünnig geworden sein?«

»Ja.«

»Glaubst du denn nicht mehr an Gott?«

»Weißt du, lass uns von was anderem reden.«

Am nächsten Tag begegnen sich die beiden wieder.

»Kohn, es hat mir keine Ruhe gelassen, sag, glaubst du noch an Gott?«

»Nein.«

»Nu, das hättest du mir auch schon gestern sagen können.«

»Bist du meschugge? Am Sabbat?«

Kohn im Restaurant: »Ober, geben Sie mir von dem Fisch.«

»Verzeihung, mein Herr, das ist Schinken.«

»Hab ich gefragt, wie er heißt, der Fisch?«

Ein Jude kommt in ein Delikatessengeschäft und fragt: »Wie viel kostet der Schinken?«
Im selben Augenblick – es liegt ein Gewitter in der Luft – gibt es einen mächtigen Donnerschlag. Beschwichtigend erhebt der Jude den Blick zum Himmel und sagt: »Nu, fragen wird man doch noch dürfen.«

Alter Jude zum jungen Juden: »Pfui, du isst – heute am Fasttag! Sieh mich an: Ich bin alt und krank, und trotzdem faste ich.«
Junger Jude: »Und doch kommen wir alle beide nicht ins Paradies. Ich nicht, weil ich nicht faste, und Ihr nicht, weil es gar kein Paradies gibt.«

Vor dem rabbinischen Gericht stehen zwei Kaufleute. Kläger und Beklagter bieten immer neue Zeugen auf, tragen immer neue und unglaubwürdigere Argumente vor. Schließlich geraten beide in Wut und beginnen einander mit Beschimpfungen zu überhäufen.
»Du Lump! Du gemeiner Schuft!«
»Du elender Halsabschneider! Du Gauner!«
»Scha, scha!«, versucht der Gerichtssekretär die beiden auseinanderzubringen. »Wollt ihr wohl schweigen! In Gegenwart des Rabbi!«

»Lasst sie nur.« Der Rabbi lächelt. »Drei Stunden lang haben sie uns Märchen aufgetischt. Weshalb wollt Ihr ihnen jetzt den Mund verbieten, wo sie gerade anfangen, die Wahrheit zu sagen?«

Amschel, der Kantor der Gemeinde, hat den reichen Synagogenvorstand Koppel öffentlich einen Dieb und Betrüger genannt.
Koppel lässt sich das nicht bieten, geht zum Rabbi und trägt ihm seine Klage vor, und der Rabbi entscheidet, dass Amschel seine Beleidigung in der Synagoge vor versammelter Gemeinde widerrufen solle.
Am folgenden Sabbat tritt Amschel vor die Gemeinde und murmelt so leise etwas in seinen Bart, dass niemand ihn verstehen kann.
»So nicht, Kantor«, schaltet sich der Rabbi ein. »Ihr müsst schon laut und deutlich sprechen.«
Darauf Amschel mit schallender Stimme: »Koppel ist kein Dieb?! ... Koppel ist kein Betrüger?! ...«
»Das soll ein Widerruf sein?«, zürnt der Rabbi. »In diesem Ton?«
»Rebbe«, verteidigt sich der Kantor, »Ihr mögt Euch in den Geboten der Thora auskennen, aber was den Ton anlangt, da bin ich zuständig.«
»Ihr solltet schon etwas Reue zeigen«, beharrt der Rabbi. »Sagt, dass Ihr es bedauert!«

Darauf wendet sich der Kantor zur Gemeinde um und erklärt: »Ich bedaure aufrichtig, dass Koppel ein Dieb und Betrüger ist!«

Der Kantor der Gemeinde will seine Tochter verheiraten und bittet den Gemeinderat um drei Jahresgehälter Vorschuss. Der Gemeinderat hält das für riskant – vielleicht stirbt der Kantor vorher!
»Lasst es doch drauf ankommen«, bittet der Kantor. »Vielleicht habt Ihr Glück und ich lebe dann noch. Und sollte ich wirklich in den nächsten drei Jahren sterben – nu, dann hab halt ich Glück gehabt.«

Einem Mann geht es so schlecht, dass er und seine Familie Hunger leiden müssen. Seine Frau macht ihm Vorwürfe: »Warum lässt du dir nicht helfen? Alle unsere Freunde bieten uns dauernd ihre Unterstützung an!«
»Das verstehst du nicht«, belehrt sie der Mann. »Die geben nur so lange, als man bestimmt nichts von ihnen annimmt.«

Der reiche Gedalje ist seit einigen Monaten bettlägerig. »Seit er krank ist, ist er gar nicht mehr geizig«, sagt ein Schnorrer zum andern. »Richtig freigebig ist er geworden.«
»Kunststück«, meint der andere, »mit dem Geld seiner Erben ...«

Meinem Vetter geht es wirklich schlecht. Hätte er nicht die Gewohnheit, zwei Tage in der Woche zu fasten, er wäre bestimmt schon längst verhungert.«

Auf dem Heimweg vom Jahrmarkt überholt ein Fuhrmann einen Altwarenhändler, der einen großen Sack mit Lumpen schleppt. Mitleidig, wie er ist, lässt er den Mann aufsteigen.
»Weshalb nehmt Ihr nicht den Sack vom Rücken?«, fragt er ihn verwundert.
»Ach«, meint der Lumpenhänder, »es reicht doch schon, wenn Euer armes Pferd mich schleppen muss, da trage ich den Sack lieber selbst.«

Schlojme hat einen Sohn bekommen und lädt seine beiden Freunde zur Namensgebung ein. »Und wenn ihr kommt, klopft nur kräftig mit dem Fuß an die Tür.« – »Weshalb mit dem Fuß?«, fragen sie. »Nu, ihr werdet doch nicht mit leeren Händen kommen.«

Ein reicher Dorfjude kommt in einem abgetragenen Anzug in die Kreisstadt. Dort spricht ihn ein Bekannter an.

»Avrom, wie könnt Ihr nur in solchen Lumpen herumlaufen?«

»Hier kennt mich ja keiner«, meint der Jude.

Eine Woche später fährt der Bekannte aufs Dorf und trifft dort wieder den reichen Juden.

»Aber Avrom, Ihr tragt ja zu Hause genau die gleichen abgerissenen Sachen!«

»Was macht das schon? Hier kennt mich ja jeder.«

Der reichste Mann des Städtchens ist Analphabet. Seine Briefe lässt er sich gratis vom armen Lehrer schreiben.

»Du dummer Mensch«, sagt ein Freund zu dem Lehrer, »wenn er dir nichts zahlt, wozu schreibst du dann?«

»Und wenn ich nicht schreibe – meinst du, dass er mir dann was zahlen wird?«

Wenn du auf der Straße hunderttausend Rubel finden würdest, Isidor – würdest du sie abliefern oder behalten?«
»Weißt du, das kommt drauf an. Wenn ich wüsste, das Geld gehört dem Baron Rothschild – ich glaube, dann würde ich es behalten. Aber wenn es unserm Synagogendiener gehören würde, der so arm ist, dass er seine Familie kaum ernähren kann – dann würde ich es ihm selbstverständlich zurückgeben.«

Der reiche Geldverleiher Schemarja wurde, als er in die Jahre kam, hypochondrisch. Er hatte auf einmal Angst vor dem Sterben. Ein Schnorrer sprach ihm Mut zu: »Wenn Ihr Euch vor dem Tod fürchtet, kann ich Euch nur den Rat geben: Zieht zu uns nach Masepowka.«
»Warum ausgerechnet nach Masepowka?«, fragte der Wucherer.
»Solange die Welt steht, ist bei uns in Masepowka noch kein reicher Mann gestorben.«

Ich bitte um eine kleine Unterstützung. Mir ist mein Haus mitsamt meiner ganzen Habe abgebrannt.«
»Habt Ihr über das Brandunglück eine Bescheinigung aus Eurem Heimatort?«
»Die ist mir leider mit verbrannt.«

Der arme Vetter ist seit Wochen zu Besuch. Er trifft nicht die geringsten Anstalten, wieder abzureisen. Schließlich versucht es die Hausfrau mit Diplomatie. »Hast du denn gar keine Sehnsucht nach deiner Frau?«

Der Vetter: »Das ist aber nett von dir, dass du daran denkst. Ich werde ihr sofort schreiben, dass sie nachkommen soll.«

Ein Schnorrer begegnet auf der Treppe eines Reichen einem andern Schnorrer, der ihm abrät hinaufzugehen. »Es hat keinen Zweck, der Kommerzienrat hat heute schlechte Laune, er gibt nicht mehr als einen Gulden.«
»Ich werd doch hinaufgehen. Warum soll ich ihm einen Gulden schenken? Schenkt er mir was?«

Hier habe ich eine abgelegte Hose für Sie«, sagt der Hausherr zum Schnorrer. »Sehen Sie, sie ist noch fast neu.«
»Der Herr lohne es Ihnen! Jetzt hab ich nur noch eine Bitte: Könnten Sie mir diese Hose nicht abkaufen? Sehen Sie, sie ist noch fast neu!«

Schnorrer: »Herr Kommerzienrat, ich hab schon Ihren seligen Herrn Vater gekannt, Ihre selige Tante Anna, Ihren seligen Herrn Großvater ...«
»Sagen Sie kurz und bündig, wie viel Sie wollen, aber klettern Sie mir nicht auf meinem Stammbaum herum!«

Ein Schnorrer hat von einem reichen Glaubensgenossen die Zusage, dass er sich jeden Monat bei ihm einen Gulden abholen dürfe. Als er wieder einmal um den Gulden kommt, ist der Hausherr nach Karlsbad verreist. »Was«, beschwert sich der Schnorrer, »auf meine Kosten fährt er ins Bad?!«

Sie tun mir wirklich in der Seele leid, ich würde Ihnen gern helfen«, sagte der reiche Bela Haas zu einem Bedürftigen, »aber es ist mir unmöglich, mein Geld wegzugeben: es ist ein Andenken an meinen seligen Vater!«

Schnorrer: »Mein Leben lang bin ich vom Pech verfolgt!«
Kommerzienrat (misstrauisch): »Was sind Sie denn von Beruf?«
Schnorrer: »Musiker, Ich war im Symphonieorchester – aber unglücklicherweise hat sich das Orchester aufgelöst, und seitdem bin ich brotlos.«
Kommerzienrat (noch misstrauischer): »Was für ein Instrument spielen Sie denn?«
Schnorrer (zögernd): »Posaune.«
Kommerzienrat (geht an ein Spind und öffnet es): »Ich habe hier zufällig eine Posaune, spielen Sie mir doch etwas vor.«
Schnorrer: »Nu, was sagen Sie zu meinem Pech? Müssen Sie doch ausgerechnet eine Posaune haben!«

Schnorrer: »Sie haben mir versprochen, Sie würden mir jeden Monat ein paar Gulden zukommen lassen, bis ich die Mitgift für meine Tochter zusammen habe.«
»Hören Sie mal, mir ist da zu Ohren gekommen, dass Ihre Tochter voriges Jahr gestorben ist!«
Schnorrer: »Na und? Sind Sie ihr Erbe oder ich?«

Schnorrer: »Ich bin sehr krank, der Doktor hat mir Seeluft verordnet. Möchten Sie mir nicht etwas dazugeben?«
Baron Pringsheim: »Da haben Sie hundert Mark, und fahren Sie in Gottes Namen.«
Schnorrer: »Das ist zu wenig. Damit kann ich keine Kur in Ostende machen.«
Baron Pringsheim: »Was? Ein Schnorrer und will ausgerechnet ins teuerste Seebad, das es gibt?«
Schnorrer: »Herr Baron, für meine Gesundheit ist mir nichts zu teuer.«

Gibt dir dein Schwiegervater etwas mit?«
»Sehr reichlich: Er gibt mir Schlesien und Posen.«
»Wieso?«
»Früher hat er in allen Provinzen selber geschnorrt, jetzt überlässt er mir Schlesien und Posen allein.«

Ein armer Schnorrer ist jede Woche einmal bei einem reichen Juden zu Gast. Eines Tages, als er sich wieder zum Essen einstellt, betritt mit ihm ein junger Mann das Haus und setzt sich schweigend mit an die Tafel. Der Hausherr wundert sich, aber er mag nichts sagen. Erst nach der Mahlzeit fragt er den Gast, ob er vielleicht den jungen Mann kenne. »Aber gewiss«, entgegnet der Schnorrer. »Der ist seit einer Woche mein Schwiegersohn, und für ein Jahr ist er bei mir in Kost.«

Ein Schnorrer ist bis in die Wohnung des Bankiers Löwenthal vorgedrungen und schreit dort so lange mit dem Hausdiener herum, bis der Kommerzienrat selber erscheint.
»Hier haben Sie zehn Mark, aber nun gehen Sie schon! Hätten Sie nicht so ein Geschrei gemacht, hätte ich Ihnen das Doppelte gegeben.«
»Herr Kommerzienrat, ich rede Ihnen auch nicht in Ihr Bankgeschäft hinein. Wenn Sie sich besser drauf verstehen, dann gehen Sie doch schnorren!«

Der Millionär Feinstaub hört sich eine Viertelstunde lang das Gejammer eines armen Schnorrers an; dann klingelt er seinem Diener. »Friedrich, schmeißen Sie den Menschen raus, er zerreißt mir das Herz!«

Herr Kommerzienrat, hier ist ein armer Cousin von mir, der auf Ihre Mildtätigkeit rechnet.«
»Wird ihm mit zwanzig Mark gedient sein?«
»Gewiss. Und meine Provision?«
»Was heißt Provision?!«
»Nu, ich hab Ihnen doch den Mann zugeführt.«

Kommerzienrat Brummer hat einem Schnorrer, der behauptete, nahe am Verhungern zu sein, mit einer größeren Summe weitergeholfen. Als er tags darauf ein teures Restaurant betritt, sieht er den Mann an einem Tisch sitzen und Lachs essen.
»Was denn? Gestern hab ich Sie erst aus dem größten Dalles rausgeholt, und heute sitzen Sie hier und essen Lachs?«
»Ich versteh Sie nicht. Hab ich kein Geld, kann ich keinen Lachs essen; hab ich Geld, soll ich keinen Lachs essen. Sagen Sie mir: Wann soll ich denn nun Lachs essen?«

Rothschild: »Fünftausend Gulden Unterstützung wollen Sie von mir? Nein, das ist zu viel. Ich will Ihnen jährlich zweihundert Gulden geben, solange ich lebe.«
»Was ist mir damit gedient, Herr Baron? Bei dem Glück, das Sie haben, sterben Sie morgen.«

Als Baron Rothschild zu Grabe getragen wird, geht ein abgerissener Jude im Leichenzug mit und weint bittere Tränen. »Waren Sie denn mit ihm verwandt?«, fragt ihn sein Nebenmann leise. »Nein«, schluchzt der Jude, »darum bin ich ja so traurig.«

Ein Armer vor Rothschilds Grabmal: »Die Leute leben!«

Ein reicher, nicht eben beliebter Jude ist gestorben. Die Familie möchte ihn gern neben dem verstorbenen Rabbiner beisetzen lassen, aber viele Gemeindemitglieder sind dagegen, und so kommt es auf dem Friedhof zu einem Riesenkrach. Ein alter Jude hört sich die Schimpfreden schweigend an und sagt dann zu seinem Freund: »Nu frag ich dich: Lohnt es sich zu sterben?«

Salomon Kadisch pflegte zu sagen: »Der Tod ist kein Unglück. Besser freilich ist es, erst gar nicht geboren zu sein. Aber das Glück hat unter Tausenden höchstens einer.«

Vier Juden saßen im Kaffeehaus beisammen und spielten Karten. Und wie sie so sitzen, bekommt einer von ihnen einen Schlaganfall und ist tot. Nun, da hilft nichts – einer muss der Witwe die traurige Nachricht überbringen. Nach langem Zureden erklärt sich Kohn bereit. »Ich werde sie schonend darauf vorbereiten und es ihr nach und nach beibringen.«
So geht er denn zu der Witwe und sagt: »Euer Mann lässt Euch bestellen, dass er so bald nicht nach Hause kommt.«
»Der Lump«, giftet die Frau, »sitzt wieder am Kartentisch und lässt sich das Geld abnehmen.«
»Ihr habt recht. Er hat nebbich schon fünfhundert Gulden verspielt.«
»Fünfhundert Gulden!«, zetert die Jüdin, »Gott der Gerechte soll ihn strafen! Verrecken soll er, der Hund, der elendige!«
Sagt Kohn: »Von Euerm Mund in Gottes Ohr! Er ist soeben verstorben.«

Auf dem jüdischen Friedhof wird ein kleines Kind begraben. Die Mutter steht am offenen Grab und jammert. »Mein geliebtes Söhnchen, wenn du vor dem Angesicht des Allerhöchsten stehst, bitte ihn für deine armen Eltern um viel Geld und um ein gesegnetes Alter. Und bitte ihn, dass wir deine beiden

Schwestern reich verheiraten können und dass deine Brüder Nathan und David gute und vermögende Frauen bekommen. Und dein ältester Bruder Chaim soll vom Militärdienst befreit werden. Und für deinen lieben Onkel Abraham bitte, dass er endlich gesund wird ...«

Der Totengräber hört sich, auf seinen Spaten gestützt, die Litanei der trauernden Mutter an. Endlich wird es ihm zu dumm. »Liebe Frau«, sagt er, »wenn man dem Allmächtigen so viele Anliegen vorzutragen hat, dann schickt man nicht ein kleines Kind, dann geht man selbst!«

Tante Sara, die das größte Schandmaul der Familie hatte, ist verstorben. Der Rabbi hält die Leichenrede. Er lobt die Friedfertigkeit der Entschlafenen, ihre Bescheidenheit und Zurückhaltung. Onkel Markus hält es einfach nicht mehr aus. »Komm«, sagt er zu seinem Neffen Moritz, »wir sind auf der falschen Beerdigung!«

Eine Jüdin klagt einer Nachbarin ihr Leid: »Ich mache mir ja solche Sorgen um meinen Vater. Seit sechs Monaten habe ich keine Nachricht mehr von ihm.«

»Nehmt Euch das nicht so zu Herzen. Seht, mein Vater hat nichts mehr von sich hören lassen, seit ich aus den Windeln heraus bin – na, lass ich mir deshalb graue Haare wachsen?«

Ich begreife nicht, was die Leute an der heutigen Jugend auszusetzen haben«, meint eine alte Jüdin. »Früher waren die jungen Burschen viel frecher – belästigt haben sie mich auf der Straße! Heute dagegen machen sie respektvoll einen Bogen um mich.«

Koppel ist gestorben. Gehst du auf seine Beerdigung?«
»Warum sollte ich? Wird er auf meine Beerdigung kommen?«

Ein alter Jude, als er sein Ende nahen fühlte, schickte nach dem Pfarrer und ließ sich taufen. Die Familie war entsetzt, der älteste Sohn holte den Rabbi, dass er dem irregeleiteten Greis ins Gewissen rede. »Wie habt Ihr nur so etwas tun können?«, fragt der Rabbi kopfschüttelnd. »Ach, Rebbe, ich hab mir gedacht: Wenn ich schon sterben muss, ist es da nicht besser, es trifft einen Goj als einen von uns?«

Ein Goj fragte einmal einen Juden: »Hör mal, weshalb ist es bei euch im Bethaus so schmutzig? Und warum schreit ihr im Bethaus so laut, wenn ihr betet? Bei uns betet man still und ohne Geschrei. Und warum geht es bei euren Begräbnissen so trübselig zu? Bei uns ist eine Beerdigung festlich, es wird gesungen, und viele Kerzen brennen.«

»Deine Fragen kann ich dir beantworten«, sagte der Jude. »Bei euch in der Kirche ist es sauber und bei uns im Bethaus dreckig, das stimmt leider. Der Grund ist der: Ihr habt eine Frau im Haus, unser Gott aber hat kein Weib; wer soll also gehen das Bethaus aufräumen? Warum wir beim Gebet schreien und ihr nicht, ist auch schnell erklärt: Unser Gott, musst du wissen, ist schon sehr alt und schwerhörig, da müssen wir schreien. Euer Gott aber ist noch ziemlich jung, und so könnt ihr leise mit ihm reden. Und wenn du sagst, dass unsere Begräbnisse traurig sind und eure fröhlich, da hast du recht: Ich freue mich auch über ein gojisches Begräbnis mehr als über ein jüdisches.«

In einem Haus, in dem christliche und jüdische Mieter wohnten, hatten die Kinder immer sehr verträglich miteinander auf dem Hof gespielt – bis die christlichen Kinder eines Tages den weiteren Umgang verweigerten: »Papa hat uns gesagt, ihr seid Juden, ihr habt unsern Heiland umgebracht.« Der kleine Samuel: »Nein, Ehrenwort! Das müssen Kohns von nebenan gewesen sein.«

Der Sturm hat einen Baumstamm quer über die Straße gestürzt. Zwei Juden kommen mit ihrem Fuhrwerk an die Stelle, halten an und beratschlagen, was zu tun sei. Da kommt ein ukrainischer Bauer in seinem Wagen, steigt ab, packt den Baumstamm und schiebt ihn beiseite. Jankel zu Schlojme: »Kunststück, mit Gewalt!«

Im Eisenbahnabteil fahren ein Rabbiner und ein Priester. Der Priester versucht, den Rabbi mit den rituellen Vorschriften der Juden aufzuziehen: »Wann werden Sie sich endlich entschließen, Schinken zu essen?«
»Auf Ihrer Hochzeit, Hochwürden.«

Ein Priester und ein Rabbiner treffen sich auf einer Hochzeit und kommen ins Gespräch. »Heute Nacht hatte ich einen Traum«, erzählt der Priester. »Ich war im jüdischen Paradies. Stellen Sie sich vor: überall ein Schmutz und ein Gedrängel und ein Gemauschel!«

»Merkwürdig«, sagt der Rabbiner, »mir hat kürzlich etwas Ähnliches geträumt: Ich ging im Traum durchs christliche Paradies. Es war herrlich: lichte Gefilde voll süßer Düfte – nur weit und breit kein Mensch zu sehen.«

Ein katholischer, ein evangelischer und ein jüdischer Geistlicher werden vom Papst in Audienz empfangen. Der katholische Priester kniet nieder und küsst dem Papst die Hand. Dann winkt der Papst dem evangelischen Pfarrer: »Sie sind immerhin Christ. Sie dürfen meinen Fuß küssen.« Hierauf wendet sich der Papst dem Rabbiner zu. Doch bevor er noch etwas sagen kann, macht der Jude kehrt und sagt: »Ich kann es mir schon denken. Ich geh lieber.«

Ein katholischer Priester hatte einen Disput mit einem Rabbi. »Wenn die Beschneidung bei euch Juden eine so entscheidende Rolle spielt«, spottete er, »warum werden die jüdischen Buben nicht gleich als Beschnittene geboren?«
»Darauf kann ich nur mit einer Gegenfrage antworten«, meinte der Rabbi. »Nach kanonischem Recht müssen doch die katholischen Geistlichen enthaltsam leben – warum werden sie da nicht gleich als Eunuchen geboren?«

Der Bankier Blumenthal, ein getaufter Jude, hat seinen Sohn mit der Tochter des Kaufmanns Kohn verlobt, der ebenfalls zum christlichen Glauben konvertiert ist. »So einen Schwiegersohn habe ich mir immer gewünscht«, erklärt Kohn seinen Freunden, »einen sympathischen, christlichen jungen Mann aus guter jüdischer Familie.«

Der Sohn eines Rabbiners lässt sich taufen. Ein Freund der Familie macht dem Vater Vorwürfe: »Wie konnten Sie es nur zulassen, dass Ihr Herr Sohn sich hat taufen lassen? Was werden Sie zum Herrgott sagen, wenn er Sie deshalb zur Rede stellt?«
»Ich werd ihm sagen: Und Ihr Herr Sohn?«

Sagen Sie, lieber Freund«, spricht ein Jude seinen christlichen Geschäftspartner an, »ich will mich morgen taufen lassen. Was zieht man dazu eigentlich an?«
»Das kann ich Ihnen beim besten Willen nicht sagen. In meiner Familie pflegt man zu dieser Gelegenheit Windeln zu tragen.«

Nathan und Ruben überlegen, ob sie sich taufen lassen sollen. »Ich tu's«, sagt Ruben. Nathan beschließt, noch abzuwarten. Als Ruben frisch getauft aus der Kirchentür tritt, fragt ihn Nathan: »Na, wie war's? Haben sie dich mit Weihwasser nass gemacht?« Darauf Ruben: »Halt's Maul, Saujud!«

Da die Kirche der Gemeinde jedem erwachsenen Täufling eine Geldprämie zahlte, beschließt Kohn zu konvertieren. Als er getauft nach Hause zurückkehrt, bestürmen ihn Frau, Sohn und Tochter, ihnen doch Geld zu geben. Kohn wird ärgerlich: »Kaum ist ein Goj zu etwas Geld gekommen, gleich sind die Juden da und ziehen es ihm aus der Tasche.«

Richter: »Zeuge Rosenbaum, was sind Sie von Beruf?«
»Kaufmann.«
»Ihre Konfession?«
»Evangelisch.«
Der Richter wirft einen prüfenden Blick über die Brille.
»Und vorher?«
»Römisch-katholisch.«
»Und davor?«
»Davor? Allerdings!«

»Mein Sohn hat sich taufen lassen.«
»Und das hast du zugelassen?«
»Ich hab mich sofort bei Gott beschwert.«
»Und was hat er gesagt?«
»Er sagt, dasselbe sei ihm mit seinem Sohn auch passiert. Ich soll es genauso machen wie er.«
»Was hat er denn gemacht?«
»Ein Neues Testament.«

Die kleine Ilse Kohn unter dem Weihnachtsbaum: »Mama, feiern die Christen auch Weihnachten?«

Nuchim hat sich einen Papagei gekauft. Als er nach Hause kommt, kreischt der Papagei: »Nieder mit den Juden!« Nuchim kopfschüttelnd: »Der hat's nötig. Mit der Nase!«

»Warum antwortet ihr Juden auf eine Frage immer mit einer Gegenfrage?«
»Warum sollte man nicht mit einer Gegenfrage antworten?«

Zwei Juden sitzen auf einer Parkbank und klagen über den Antisemitismus. Da lässt ein Vogel etwas auf Abrahams dunklen Anzug fallen. »Da siehst du's wieder«, grollt Abraham. »Für die Gojim singen sie!«

Im Panoptikum produziert sich ein Zwerg von so winziger Körpergröße, dass er vom Manager auf dem Zylinderrand stehend herumgezeigt wird.
Chaim: »Nu, was sagst du zu dem?«
Jossel: »Ph! Ich hab schon größere Zwerge gesehn!«

Ich bin in großer Verlegenheit. Meine Älteste soll heiraten, und ich hab dem Bräutigam tausend Gulden Mitgift versprochen, aber mir fehlt die Hälfte.«
»Nu, man gibt doch immer bloß die Hälfte.«
»Weiß ich, aber die Hälfte fehlt mir doch gerade!«

Ein Heiratsvermittler führt seinen Klienten in die Familie der zukünftigen Braut ein. »Sie sehen, was für ein vornehmes Haus das ist; schauen Sie nur, wie hier gedeckt ist: alles feinstes Porzellan und echtes Silber.«
»Woher weiß ich, ob das den Leuten gehört? Vielleicht ist alles bloß zusammengeborgt.«
»Was reden Sie da? Denen borgt doch keiner!«

Heiratsvermittler: »Ich hätte hier eine Braut für Sie, die wird Ihnen gefallen, ein Mädchen aus gutem Hause.«
»Ist sie hübsch?«
»Bildschön!«
»Ist sie reich?«
»Ihr Vater hat ein Bankhaus, und sie ist die einzige Erbin.«
»Ja, hat sie denn gar keine Fehler?«
»Nur einen ganz winzigen: Sie ist ein klein bisschen schwanger.«

Kohn will mit seinen fünfzig Jahren noch einmal heiraten: ein zwanzigjähriges Mädchen! Sein Freund versucht, ihm die Sache auszureden: »Überleg doch mal – in zehn Jahren bist du sechzig und sie dreißig. Noch mal zehn Jahre, dann bist du siebzig und sie vierzig, na, und was willst du mit so einer alten Frau?«

Zum Millionär Brodzki kam eines Tages ein junger Mann und schlug ihm ein glänzendes Geschäft vor, bei dem dreihunderttausend Rubel zu verdienen wären. »Dreihunderttausend«, Brodzki nickte, »das ist ein hübsches Sümmchen. Worum handelt es sich?«
»Mir ist zu Ohren gekommen, dass Sie Ihrer ältesten

Tochter sechshunderttausend Rubel Mitgift versprochen haben. Ich bin bereit, sie für die Hälfte zu nehmen.«

Ein Fabrikant wurde gefragt: »Ich höre, Ihr Herr Sohn hat sich verehelicht. Hat er aus Liebe geheiratet oder des Geldes wegen?« Fabrikant: »Aus Liebe zum Geld.«

Der junge Hirsch zum reichen Kaufmann Blum: »Herr Blum, Sie müssen mir Ihre Tochter zur Frau geben! Ich habe mich so in sie verliebt, dass ich nicht mehr essen und schlafen kann. Wenn ich sie nicht kriege, möcht ich nicht mehr weiterleben ...«
»Aber ich habe doch überhaupt keine Tochter.«
»Was, Sie haben keine? Hat mich der Kohn, der Lump, doch angeschmiert!«

Freier zum Heiratsvermittler: »Das ist doch eine Zumutung! Drei Kinder hat das Fräulein, und die soll ich heiraten?«
Heiratsvermittler: »Sehn Sie mal, wie ist es denn sonst? Sie heiraten, die Frau kommt in die Wochen, sie müssen die Hebamme und den Doktor bezahlen, und sie

kränkelt, und Sie schicken sie zur Kur, und sie legt sich wieder ins Kindbett, und Sie kommen gar nich raus aus den Kosten und Sorgen, ehe Sie drei Kinder erleben. Hier haben Sie doch eine fertige Sach.«

Höre, Sali, wenn du klug bist, heiratest du die Tochter vom reichen Katz.«
»Ich kann aber nur mit Fräulein Kohn glücklich werden, Papa.«
»Na und, wenn schon – was hast du davon?«

Ein alter Heiratsvermittler sprach zu seinem Sohn: »Es ist Zeit, dass du etwas lernst. Komm mit auf meine Geschäftsgänge, damit du siehst, wie man es macht. Du musst wissen, ein Heiratsvermittler darf übertreiben. Wenn ich eine Partie anpreise, dann wirst du mich unterstützen und sie noch mehr loben.« Das hatte der Sohn begriffen. Als Erstes besuchten sie einen jungen Mann, dem sie eine Braut vermitteln wollten.
»Das Mädchen ist aus gutem Hause«, begann der alte Heiratsvermittler.
Darauf der Sohn: »Aus gutem Haus? Von Adel ist sie!«
»Und sie ist sehr gebildet«, fuhr der Alte fort.
»Ja«, bestätigte der Sohn, »sie hat an drei Universitäten studiert.«

»Hat sie Geld?«, wollte der Freier wissen.
»Es ist eine sehr reiche Familie«, lobte der Alte.
»Ihr Vater ist Millionär«, ergänzte der Sohn.
»Ich fürchte«, meinte der Freier, »bei so vielen Vorzügen wird sie mich am Ende gar nicht nehmen.«
»Nun«, sagte der Alte, »sie hat auch einen kleinen Schönheitsfehler: Sie ist nicht ganz gerade gewachsen, sie hat gewissermaßen einen Buckel.«
»Einen Buckel?«, echote der Sohn. »Einen Berg von einem Buckel!«

Ein junger Mann beklagt sich beim Heiratsvermittler: »Eine schöne Auskunft haben Sie mir da gegeben! Sie haben behauptet, der Vater des Mädchens sei nicht mehr am Leben, und nun stellt sich heraus, dass der Mann seit drei Jahren im Zuchthaus sitzt!« Heiratsvermittler: »Nu sagen Sie selbst: Ist das ein Leben?«

Junger Mann, Ihr müsst heiraten«, versuchte ein Heiratsvermittler einen Junggesellen zu überreden.
»Meint Ihr wirklich? Ich habe aber gar keine Lust dazu.«
»Da seid Ihr im Unrecht. Was ist das schon für ein Leben ohne Frau? Einsam und trübsinnig sitzt Ihr herum,

starrt die Wände an und hört kein freundliches Wort. Seid Ihr aber verheiratet, dann ist das gleich ein ganz anderes Leben. Wenn Ihr abends heimkommt, ist eine Frau da, die nett zu Euch ist (wie zum Beispiel die meine, gesund soll sie sein), und sie redet mit Euch und erzählt Euch etwas, und sie redet und redet und redet und redet … der Schlag soll sie treffen mit ihrem Geschwätz!«

Kohn trifft seinen Freund auf dem Markusplatz in Venedig. »Was machst du denn hier?«, erkundigt er sich.

»Ich bin auf der Hochzeitsreise.«

»Gratuliere. Und wo hast du deine Frau?«

»Na hör mal! Einer muss doch aufs Geschäft aufpassen.«

Blum kommt in Trauerkleidung vom Friedhof. Am Friedhofstor trifft er einen Bekannten.

»Wer ist denn gestorben, Blum?«

»Meine Frau.«

»Aber das ist doch schon über ein Jahr her.«

»Weißt du nicht, dass ich inzwischen wieder geheiratet habe?«

»Nein, das hab ich nicht gewusst. Na, dann nachträglich: Herzlichen Glückwunsch!«

Chaim, wie konntest du dir nur so eine hässliche Frau nehmen?«
»Ach, weißt du: Sie ist innerlich schön.«
»Warum lässt du sie dann nicht wenden?«

Itzig ist glücklicher Vater von vier Kindern. Aber eines Tages kommt ihm ein fürchterlicher Verdacht: »Hör mal, Lea, ich glaube, der Motel ist nicht von mir.«
»Wie kannst du nur so was behaupten?«, entrüstet sich seine Frau. »Gerade der Motel ist von dir!«

Frau Baronin liegt in den Wehen. Der Arzt erklärt, es sei noch nicht so weit, und schlägt dem Baron unterdes eine Kartenpartie im Nebenzimmer vor. Nach einer Weile hören sie die Schwangere stöhnen: »Ah, mon dieu, que je souffre!« Der Baron springt auf, aber der Arzt winkt ab: »Es ist nichts, spielen wir weiter.« Etwas später vernimmt man die Gebärende wieder: »Mein Gott, mein Gott, diese Schmerzen!«
»Wollen Sie nicht hineingehen, Herr Professor?«
»Nein, nein, es ist noch Zeit.«
Endlich jammert die Frau im Nebenzimmer: »Aj waj, waj geschrien.« Da wirft der Arzt die Karten hin und sagt: »Jetzt ist es so weit.«

Ein Jude steht vor einem Grab und weint laut. »Warum bist du nur so früh gestorben?«, klagt er. »Um wen trauert denn der Mann?«, fragt ein Fremder den Friedhofsverwalter. »Um den ersten Mann seiner Frau.«

Mandelstamm steht unter der Fuchtel seiner Frau. Ihre ganze Liebe wendet sie ihrem Kanarienvogel zu, der frei im Zimmer umherfliegen darf. Eines Tages, als das Essen aufgetragen wird, lässt der Vogel einen Klacks in die Suppenterrine fallen. Die Frau lächelt nachsichtig. Mandelstamm: »Das hätte ich mir erlauben sollen!«

Was sagst du dazu? Als ich gestern früher als sonst nach Hause komme, höre ich durch die Tür, wie mein Prokurist zu meiner Frau sagt, er möchte mit ihr durchbrennen – er hätte nur kein Geld.«
»Na und, hast du ihn rausgeschmissen?«
»I wo! Ich hab den Tresorschlüssel stecken lassen.«

Sara sitzt vor dem Spiegel und putzt sich. »Du musst doch zugeben, Isidor, hübsch bin ich immer noch, nicht?« Isidor: »Recht haste. Hübsch bist du immer noch nicht.«

Bennos Frau ist gestorben. An ihrem Grab weint er herzzerreißend. »Glaubst du denn nicht an ein Wiedersehen im Jenseits?«, versucht sein Freund ihn zu trösten. »Doch«, schluchzt Benno, »das ist es ja gerade.«

Schlojme steht am Grab seiner Frau und klagt: »Warum hast du mich nur so früh schon verlassen, Gitel! Ach, könnt ich dich doch ein einziges Mal noch wiedersehen!«
Da rührt sich ein Maulwurf im Grabhügel. Rasch setzt Schlojme den Fuß drauf. »Wirst doch noch Spaß verstehen, Gitel.«

Stern prahlt mit der Schönheit seiner Frau. Da nimmt ihn ein Freund beiseite und fragt ihn: »Weißt du wirklich nicht, dass dich deine Frau mit einem Liebhaber betrügt?«
»Na und?«, meint Stern. »Lieber bin ich mit fünfzig Prozent an einer guten Sache beteiligt als mit hundert an einer schlechten.«

Eine Frau kommt zum Rabbi und will sich scheiden lassen.
»Was habt Ihr für Gründe?«, will der Rabbi wissen.
»Ich habe den Verdacht, der letzte Sohn ist nicht von ihm.«

Versprich mir, dass du dich mit meiner Mutter aussöhnen wirst«, bittet die sterbende Rebekka ihren Mann. »Sie wird doch zu meiner Beisetzung kommen wollen.«
»Na wenn es unbedingt sein muss«, resigniert der Mann. »Aber damit verdirbst du mir den ganzen Spaß.«

Ich hab gar nicht gewusst, Avrom, dass deine Tochter ein Kind bekommen hat.«
»Ist ja gar nicht wahr! Meine Tochter hat überhaupt noch nie ein Kind gekriegt!«
»Aber ich hab sie doch neulich im Park sitzen sehen mit einem Kind an der Brust!«
»Nu, warum soll sie nicht? Zeit hat sie, Milch hat sie ...«

Der Chef zum Buchhalter: »Hören Sie, letzte Woche finde ich Sie bei meiner Frau im Bett, das hat mir schon missfallen! Heute fehlen hundert

Kronen in der Kasse. Wenn jetzt noch das Geringste vorkommt, sind Sie auf der Stelle entlassen!«

Sara sitzt weinend am Bett ihres schwerkranken Mannes. »Sara«, flüstert er mit letzter Kraft, »wenn ich sterbe, sollst du keinem andern Mann mehr gehören. Schwör es mir!«
»Gut, Mojsche«, verspricht Sara schluchzend, »aber was ist, wenn du wieder gesund wirst?«

Eine verheiratete Jüdin lässt sich von ihrem christlichen Nachbarn den Hof machen. »Pfui«, empört sich ein frommer Jude, »als ob es in der Stadt nicht genug Juden gäbe!«

Leo ist dahintergekommen, dass ihn seine Frau mit Finkelstein betrügt. Kurz entschlossen überredet er Frau Finkelstein zur Revanche. Als sich Frau Finkelstein aber ein zweites Mal revanchieren möchte, meint Leo: »Wissen Sie, Frau Finkelstein, ich hab eigentlich gar keinen Groll mehr.«

Mandelbaum hält sich mit seinem Prokuristen geschäftlich in der Hauptstadt auf. Nach erfolgreich abgeschlossenen Verhandlungen beschließen beide, ein Bordell aufzusuchen. Als sie sich zwei Stunden später wiedertreffen, meint Mandelbaum: »Also ich weiß nicht, bei meiner Frau macht es doch mehr Spaß.« Darauf der Prokurist: »Und ob, Herr Mandelbaum!«

Hirsch wird hinterbracht, dass seine Frau ihn mit seinem Teilhaber betrüge. Er will es nicht glauben. Dann beschließt er aber eines Tages doch, unerwartet heimzukommen, und findet tatsächlich seinen Kompagnon bei seiner Frau. Ungläubig schüttelt er ein ums andre Mal den Kopf und sagt schließlich: »Ich muss – aber du?«

Dem vermögenden Kaufmann Saul Griner starb seine Frau. Tags darauf erschien in der Lokalzeitung folgende Anzeige: »In tiefer Trauer teile ich all meinen Freunden und Bekannten mit, dass meine geliebte Frau Rosa für immer von mir gegangen ist, nachdem sie mir meinen Sohn Aaron geboren hatte, für den ich nun eine brave Amme suche, bis ich eine neue Lebensgefährtin gefunden habe – jung, hübsch, nicht unter fünfzigtausend Gulden Mitgift – welche mir bei der Führung meines renommierten Schuhgeschäfts Karpinskistraße zur Hand gehen kann. Saul Griner.«

Ein reicher Mann starb. In seinem Letzten Willen vermachte er sein Vermögen seinen drei besten Freunden zu gleichen Teilen: einem Deutschen, einem Russen und einem Juden. Eine Bedingung war an das Vermächtnis geknüpft: Jeder der drei sollte dem Toten einen Hunderter in den Sarg legen. Bei der Trauerfeier trat als Erster der Deutsche vor und warf hundert Taler in den Sarg, dann kam der Russe und legte einen Hundertrubelschein dazu. Und was tat der Jude? Er nahm die hundert Taler und den Hundertrubelschein und stellte einen Wechsel auf dreihundert aus.

Kohn ist ein rabiater Mensch. Völlig grundlos schlägt er Levy krankenhausreif.
Zwei Monate später sitzt Levy, noch nicht ganz auskuriert, auf seinem Balkon. Kohn geht vorbei und winkt hinauf, als sei nichts gewesen. Levy ignoriert ihn. Darauf Kohn: »Ph, beleidigt!«

Ein alter Trödler liegt im Sterben. Mit erlöschendem Blick sucht er seine Familie, die sich um sein Bett versammelt hat.
»Sara, mein liebes Weib, bist du bei mir?«, fragt er flüsternd.
»Ja, Mojsche.«
»Chaim, mein einziger Sohn, bist du bei mir?«
»Ja, Tate.«
»Lea, meine Tochter, bist du bei mir?«
»Ja, Tateleben.«
Da richtet sich der Sterbende mit letzter Kraft auf und schreit: »Und wer ist im Geschäft!«

Eine Frau betritt ein Tuchgeschäft. »Ich möchte einen blauen Kleiderstoff.« Der Verkäufer legt ihr einen Ballen schwarzen Kattun vor. »Hier hätten wir etwas sehr Preiswertes.«
»Nein, der ist mir zu dunkel. Etwas Helleres.«
Der Verkäufer bringt einen lindgrünen Stoff. »Wie wäre es mit dem? Die Farbe würde Sie sehr gut kleiden.«
»Nein, kein Grün. Blau soll es sein.«
»Und was halten Sie von diesem? Wirklich erstklassige Ware.« Damit holt er einen lila Stoff aus dem Regal. Die Kundin schüttelt den Kopf.
Nachdem der Verkäufer weitere Stoffballen in Braun, Beige, Rot und Gelb angeschleppt hat, verliert sie

schließlich die Geduld: »Hören Sie, ich möchte einen blauen Stoff! Ein ganz gewöhnliches Kornblumenblau!«
»Nu, wenn Sie sich darauf versteifen – mit so einem ausgefallenen Blau werd ich Ihnen nebbich nicht dienen können.«

Ein Autobesitzer hat eine Panne. Er lässt, einen nach dem andern, alle Autoschlosser der Umgebung rufen – keiner ist imstande, den Schaden zu beheben. Da kommt ein jüdischer Klempner vorbei. Er hebt die Motorhaube hoch, klopft ein paar Mal mit dem Hammer, und der Wagen fährt wieder.
»Was bin ich Ihnen schuldig?«
»Zwanzig Kronen.«
Da das dem Autobesitzer zu viel ist, verlangt er eine detaillierte Rechnung. Auf der Rechnung steht in Schönschrift:

1 Schlag mit dem Hammer	*1 Krone*
gewusst wo	*19 Kronen*
Sa.	*20 Kronen*

Schmul hat beschlossen, sich einen Hund zu kaufen, und begibt sich in eine Tierhandlung. Interessiert betrachtet er einen Neufundländer. »Was kostet der Hund?«

»Hundertfünfzig Mark.«
Schmul deutet auf einen schlanken Dobermann. »Und dieser?«
»Hundertachtzig.«
Da fällt sein Blick auf einen Foxterrier. »Nu, und der da?«
»Zweihundertfünfzig Mark.«
»Und dieser Zwergpinscher?«
»Vierhundert Mark.«
Da schlägt sich Schmul an die Stirn und fragt: »Sagen Sie, Herr, was kostet denn bei Ihnen gar kein Hund?«

Auf einem Empfang beim Bankier Goldring treffen sich zwei ehemalige Kompagnons. Bankier: »Gestatten, dass ich die Herren einander vorstelle?«
Chaim, Jossel mit einem verächtlichen Blick musternd: »Du Schuft!«
Jossel, Chaim mit einem verächtlichen Blick musternd: »Du Schwein!«
Bankier: »Wie ich sehe, kennen sich die Herren?«

Kennst du Salomon Herschfeld? Vor zehn Jahren, als er nach Lodz kam, hat er nichts besessen als ein paar alte Hosen, und heute hat der Mann zwei Millionen!«

»Gott behüte, was fängt er mit zwei Millionen alten Hosen an?«

Jankel, kannst du mir nicht fünfhundert Mark leihen?«

»Fünfhundert Mark! So viel Geld würde ich nicht mal meinem eigenen Bruder leihen.«

»Nu, du musst deine Familie besser kennen als ich ...«

Seit einem Jahr arbeite ich nur noch mit Defizit.«

»Warum machst du dann das Geschäft nicht zu?«

»Und wovon soll ich leben?«

Der Versicherungsagent: »Herr Meyer, Sie sollten eine Unfallversicherung abschließen. Wenn Sie sich den Arm brechen, bekommen Sie von uns 2000 Mark auf die Hand. Wenn Sie sich ein Bein brechen, zahlen wir Ihnen sogar 4000 Mark. Und sollten Sie sich gar das Genick brechen, sind Sie ein gemachter Mann!«

Beroches steht kurz vor der Pleite. Als ein Bekannter ihn fragt, wie die Geschäfte gehen, meint er: »Danke, ich kann nicht klagen, bei mir klagen die Gläubiger.«

Herr Kohn, wieso kosten bei Ihnen die Heringe 40 Kreuzer das Stück? Der Lefkowitsch gegenüber verkauft sie für 20.«
»Dann kaufen Sie doch bei Lefkowitsch.«
»Ja, aber momentan hat er keine Heringe mehr.«
»Schön, wenn ich keine mehr habe, dann wird bei mir das Stück auch 20 Kreuzer kosten.«

Ein jüdischer Versicherungsagent will sich taufen lassen. Eine volle Stunde bleibt er beim Priester, bis er wieder auf die Straße tritt. »Nu, hat er dich getauft?«, will sein Freund wissen. »Nein«, entgegnet der Agent, indem er sich den Schweiß abwischt, »aber ich hab ihn versichert.«

Schwiegerpapa, du hast es zu was gebracht. Wie muss ich es anstellen, dass ich auch so reich werde?«
»Offen gesagt: Ehrlich währt es am längsten.«

Ein Jude kommt außer sich in ein Uhrengeschäft: »Reb Eisik, Ihr seid ein Gauner, Ihr habt mich reingelegt! Als Ihr mir vor einer Woche diese Uhr verkauft habt, da gabt Ihr mir Euer Ehrenwort, dass sie bis ans Ende meiner Tage gehen würde. Und was ist? Sie steht!« »Bei meinem Leben«, verteidigt sich Eisik, »ich wollte Euch nicht betrügen. Ihr hättet nur mal in den Spiegel schauen sollen, als Ihr die Uhr kauftet. Ist es meine Schuld, dass sich Euer Gesundheitszustand gebessert hat?«

Schlomo und Chaim wandern durch einen tiefen Wald. Da werden sie von Räubern überfallen: »Geld oder Leben!« In diesem Augenblick wendet sich Schlomo an seinen Begleiter: »Mir fällt gerade ein, Chaim, dass ich dir noch fünfzig Rubel schulde. Hier hast du dein Geld, nun sind wir quitt.«

Schmul hat zwei Ringe geerbt. Er bringt sie zum Juwelier zum Schätzen. Der Juwelier blickt aus dem Talmud auf, den er gerade studiert, nimmt die Ringe, betrachtet sie und gibt schließlich sein fachmännisches Urteil ab: »Hätten Sie mir nur einen Ring gebracht, würde ich sagen, er hat keinen Wert. Da Sie mir aber zwei Ringe bringen, muss ich zugeben, sie haben alle beide einen gewissen Wert: Der eine ist so viel wert wie der andere.«

Luria beklagt sich beim Polizeikommissar: »Ein Gauner hat sich für meinen Vertreter ausgegeben und in der Provinz hunderttausend Zloty einkassiert – das ist mehr, als alle andern Vertreter zusammen bei meinen Kunden aufgebracht haben! Sie müssen mir den Mann ausfindig machen!«
Der Kommissar: »Wir werden uns alle Mühe geben. Keine Bange, bald sitzt er hinter Schloss und Riegel.«
»Aber nicht doch, ich will ihn anstellen!«

Der Prinzipal zitiert seinen Kassierer. »Ich habe festgestellt, dass Sie Geld aus meiner Kasse genommen haben!«
Der Kassierer: »Nu, soll ich bei Ihnen als Kassierer arbeiten und bei einem andern Geld aus der Kasse nehmen?«

Vater, was bedeutet eigentlich Ethik?«
»Ich will dir ein Beispiel geben: Zu mir ins Geschäft kommt ein Kunde, kauft einen Mantel für sechzig Mark und zahlt mit einem Hunderter. Wie ich hinschaue, hat er das Wechselgeld vergessen. Siehst

du, und jetzt beginnt die Ethik: Soll ich das Geld einstecken, oder soll ich es mit meinem Kompagnon teilen?«

Die Börse«, meinte der alte Oppenheimer, »ist wie eine Lawine: einmal runter und einmal rauf.«

Mendel Beroches diktiert seinem Schreiber:
Sehr geehrter Herr!
Wer hat mir versprochen, bis Ultimo zu zahlen? Sie! Wer hat nicht Wort gehalten? Sie! Wer ist ein Lump?
Ihr sehr ergebener
Mendel Beroches

In Stanislaw gab es in der Karpinskigasse ein Haus mit drei Schuhgeschäften. Natürlich hatten alle drei nur einen kümmerlichen Umsatz. Was tun? Eines Tages hing vor dem ersten Laden ein Schild: »Verkauf von hochmodernem Schuhwerk«. Als der Besitzer des zweiten Schuhgeschäfts das sah, ließ er sich ebenfalls ein Reklameschild anfertigen: »Importschuhe, besonders preiswert«. Am nächsten Tag prangte über der Tür des dritten Ladens ein großes Schild mit der Aufschrift: »Haupteingang«.

Lejb Kaplan steht den ganzen Tag in seinem Laden – kein Kunde lässt sich blicken. Als er schon schließen will, kommt ein Mann hereingestürzt und verlangt einen Briefumschlag. »Macht zwei Pfennig.« Der Kunde wirft einen Groschen auf den Ladentisch und stürzt wieder davon.
Zu Hause fragt Kaplans Frau: »Wie war das Geschäft heute?«
»Der Umsatz war nicht besonders«, sagt Kaplan, »aber der Verdienst!«

Iwan will sich beim Dorfjuden einen Rubel leihen. Sie machen aus, dass er das Geld im Frühjahr zurückzahlt, und zwar verdoppelt. Inzwischen lässt er sein Beil als Pfand da. Als Iwan gehen will, ruft ihm der Jude nach: »Warte, Iwan, mir ist etwas eingefallen. Im Frühling wird es dir schwerfallen, zwei Rubel aufzutreiben. Ist es nicht besser, wenn du die Hälfte jetzt anzahlst?« Das leuchtet dem Burschen ein, und er gibt den Rubel wieder zurück. Nachdenklich geht er nach Hause und murmelt: »Seltsam. Der Rubel ist weg, das Beil ist weg, einen Rubel bin ich obendrein schuldig, und trotzdem – es hat alles seine Richtigkeit.«

Herr von Pöllnitz zu seinem Faktotum: »Mordechai, besorgen Sie mir einen hübschen Dackel. Hier haben Sie fünfzig Mark.«
Mordechai, zögernd: »Fünfzig Mark … und Sie sagen, dass es ein erstklassiger Dackel sein soll?«
»Na schön, hier haben Sie noch einmal zwanzig Mark.«
Mordechai: »Meinen Sie, dass siebzig Mark genügen?«
»Gut, ich gebe Ihnen achtzig. Aber das ist bestimmt zu viel. Und nun gehen Sie!«
Mordechai steckt das Geld ein und geht. An der Tür dreht er sich noch einmal um und fragt: »Verzeihung, gnädiger Herr, was ist das: ein Dackel?«

Als der Chef vormittags gegen zehn den Frisiersalon betritt, sieht er dort seinen Buchhalter sitzen.
»Was, während der Arbeitszeit lassen Sie sich die Haare schneiden?«
»Nu«, meint der Buchhalter, »sie sind mir doch auch während der Arbeitszeit gewachsen.«

Weinstein läuft jammernd im Büro auf und ab. »O diese Kopfschmerzen! Es ist nicht auszuhalten, ich verliere noch den Verstand!«
»Herr Weinstein«, sagt sein Chef, »wenn Sie krank

sind, gehen Sie nach Hause, aber hören Sie auf, hier herumzurennen und zu prahlen.«

Der Chef zum Prokuristen: »Hören Sie, das fünfzigste Jubiläum meiner Firma möchte ich gern feiern. Es soll was hermachen, meine Angestellten sollen ihren Spaß haben, aber kosten darf es nichts.«
»Da wüsste ich was, Herr Kommerzienrat: Hängen Sie sich auf! Das macht was her, es kostet nichts, und Ihre Angestellten haben ihren Spaß!«

Es gibt Dinge, die ich einfach nicht verstehe. Ich habe versucht, mir in der Kreisstadt fünfzig Rubel zu leihen. Keiner wollte sie mir geben, weil mich keiner kennt. Und was ist bei uns zu Hause? Da leiht mir keiner, weil mich jeder kennt.«

Eine arme jüdische Gemeinde in Galizien schrieb an einen reichen Lemberger Kohlenhändler, er möchte ihr für wohltätige Zwecke einige Waggons Kohle schenken.
Schenken, schrieb der Händler zurück, könne er der Gemeinde nichts, aber er wolle ihr fünfzig Waggons zum halben Preis überlassen. Die Gemeinde dankte

und bestellte zunächst einmal fünfundzwanzig Waggons.
Als drei Monate nach Lieferung der Kohlen weder eine Geldüberweisung noch eine Nachbestellung eingegangen war, schickte der Händler eine Mahnung. Im Antwortschreiben der galizischen Gemeinde stand: »... und ist uns Ihre Mahnung unverständlich. Sie haben uns fünfzig Waggons zum halben Preis offeriert, das entspricht dem Wert von fünfundzwanzig Waggons. Diese haben wir bezogen. Auf den Rest erheben wir keinen Anspruch.«

Kunde zum Makler: »Hören Sie mal, Sie haben mir doch versichert, dass zu dem Haus ein Garten gehört. Ist das ein Garten – drei Meter breit und fünf Meter lang?«
»Nu, sehr groß ist er nicht, aber hoch!«

Ein Neureicher hat sich eine Villa mit Garten gekauft. Stolz zeigt er alles seinem Freund.
»Natürlich ist alles gegen Feuer, Diebstahl und Hagel versichert.«
»Gegen Hagel?«, wundert sich der Freund. »Wie macht man Hagel?«

Ein Neureicher beklagt sich bei seinem Freund: »Seit ich zu Geld gekommen bin, ist mein Haus ständig voller Gäste. Es ist nicht mehr zum Aushalten!«
»Dagegen gibt es ein Mittel: Pump die Wohlhabenden an, und den Armen gib ein kleines Darlehen. Dann wirst du sie nie wiedersehen.«

Eins verstehe ich nicht, Jossel. Die Post verkauft Zehnkopekenmarken für genau zehn Kopeken. Wo bleibt da der Verdienst? Wovon leben die Leute!«
»Ganz einfach: Ein Brief für zehn Kopeken darf ein bestimmtes Höchstgewicht haben. Viele Briefe sind aber leichter. Die Differenz zwischen dem Höchstgewicht und dem tatsächlichen Gewicht des Briefes – daraus zieht die Post ihren Gewinn.«

Ein Jude will mit einem großen Sack über die Grenze.
»Was ist in dem Sack?«, fragt der Zöllner.
»Vogelfutter.«
»Aufmachen!«
Der Jude öffnet den Sack. Es ist Kaffee drin.
»Damit wollen Sie die Vögel füttern? Das nimmt Ihnen doch keiner ab!«
»Meinen Sie? Müssen sie eben hungern.«

Gestern war Mendel bei mir. Er wollte mich verprügeln.«
»Woher weißt du, dass er das wollte?«
»Nu ... hätte er nicht gewollt, hätte er's ja nicht getan.«

Der alte Tortschiner versucht, seinen Sohn in die Geheimnisse der Ökonomie einzuweihen: »Alles, was selten ist, ist teuer. Ein gutes Pferd ist selten, darum ist es auch teurer.«
»Aber Papa«, widerspricht der Sohn, »ein gutes Pferd, das billig ist, ist doch noch seltener.«

Der reiche Jakubowitsch lässt das Fundament zu einem neuen Haus legen. »Seht mal«, sagt er zu seinem armen Nachbarn, der neidisch zuschaut, »das sauer verdiente Geld! Jetzt liegt es in der Erde.«
»Tröstet Euch«, meint der Nachbar, »so Gott will, werdet Ihr bald wieder zu Euerm Geld kommen.«

Der alte Wormser zu seinem Sohn: »Ich verstehe nicht, wieso du schon wieder pleite sein kannst! Du hast erst voriges Jahr fünfzigtausend Gulden Mitgift bekommen. Nehmen wir an, die Einrichtung hat euch zehntausend gekostet, fünftausend hast du Schulden von früher gehabt, fünftausend habt ihr für euch verbraucht – müssen doch immer noch dreißigtausend bleiben!« Darauf der Junior gekränkt: »Und Geschäfte habe ich keine gemacht!«

Kohn gibt ein Telegramm an seinen Geschäftspartner Goldberg auf: »Angebot akzeptiert. Brief folgt. Hochachtungsvoll Kohn.« Gibt ihm der Schalterbeamte den freundlichen Rat: »›Hochachtungsvoll‹ könnten Sie eigentlich weglassen.« Darauf Kohn: »Ach, Sie kennen den Goldberg?«

Kannst du mir ein paar Mark borgen?«
»Ich habe nebbich nichts bei mir.«
»Und zu Hause?«
»Danke, zu Hause sind alle gesund.«

Der arme Schmul besucht seinen ebenso armen Vetter in der Stadt. Als sie an der Bank vorbeikommen, will Schmul wissen, womit man dort drin handelt.
»Weißt du«, erklärt der Vetter, »die haben dort keine bestimmte Ware. Da drin kann man sich Geld ausleihen.«

»Was denn«, wundert sich Schmul, »wenn wir da hineingehen, werden sie uns mir nichts, dir nichts Geld geben?«
»Da kannst du ganz sicher sein: Sie werden mir nichts und dir nichts geben.«

Makler: »Ich rate Ihnen dringend, kaufen Sie das Haus; ein preiswertes, schönes Haus, und ganz dicht am Fluss.«
»Nu, was hab ich schon vom Fluss?«
Makler: »Sie haben eine herrliche Aussicht – das Ufer dicht vorm Fenster. Wollen Sie Ihr Leinenzeug waschen lassen – Wasser ist gleich in der Nähe. Wollen Sie baden oder im Winter Schlittschuh laufen – Sie brauchen nur zur Tür hinauszugehen.«
»Und wenn Eisgang kommt und Überschwemmung? Dann reißt mir die Flut das ganze Haus weg!«
Makler: »I wo – bei der Entfernung! Wo ist das Haus, und wo ist der Fluss?«

Ein Kaufmann hat Außenstände. Er schickt seinem Kunden eine Mahnung nach der andern ins Haus – der denkt gar nicht daran zu zahlen. Schließlich reißt dem Kaufmann die Geduld, er entschließt sich zu telegrafieren. Das Telegramm besteht nur aus einem Wort: »Nu?« Schon zwei Stunden später hält er die Antwort in Händen. Er öffnet das Telegramm – es enthält nur zwei Wörter: »Nu nu!«

In der Friedrichstraße.
»Haben Sie getragene Sachen zu verkaufen?«
»Im Gegenteil, ich brauche ein Jackett. Haben Sie eins?«
»Ich hätt schon eins. Ich glaub bloß, es wird Ihnen zu weit sein.«
»Na, ich kann's ja mal anprobieren.« Nachdem sie eine Strecke gewandert sind: »Wohin führen Sie mich eigentlich? Wo haben Sie denn das Jackett?«
»In Nauen.«
»Was?!«
»Sehen Sie, ich hab Ihnen ja gleich gesagt, es wird Ihnen zu weit sein.«

Du warst in Krotoschin? Was gibt es Neues dort?«
»Nichts. Nur ein Hund hat gebellt.«
»Wieso?«
»Nu, wegen der vielen Menschen.«
»Wo kamen die denn her?«
»Weiß ich? Auf einmal waren sie da. Sie wollten zusehen, wie die Polizei deinen Bruder abführt.«

»Sie haben meinen Bruder abgeführt? Warum denn das?«
»Er soll Wechsel gefälscht haben.«
»Wechsel gefälscht? Aber das ist doch nichts Neues.«
»Sag ich doch, dass es in Krotoschin nichts Neues gibt.«

Ein Schiff fuhr einmal auf dem Meer. Da kam ein solcher Sturm auf, dass das Schiff in Seenot geriet. Es schlingerte und stampfte, und die Passagiere waren mehr tot als lebendig. Ein Jude betete laut: »Großer Gott, hilf! Das Schiff ist verloren, es wird untergehen! Rette das Schiff!« Sagte ein anderer Jude zu ihm: »Was jammerst du denn? Ist es dein Schiff?«

Mojsche ist oft geschäftlich unterwegs. In letzter Zeit aber sind mehrfach Reisende überfallen und ausgeraubt worden. Daher kauft die besorgte Familie Mojsche einen Revolver. »Nun hab ich also einen Revolver«, meint Mojsche nachdenklich. »Nur: Wer soll damit schießen?«

Zwei Juden treffen sich auf dem Bahnsteig einer galizischen Station.
»Wohin soll die Reise gehen, Jankel?«

»Nach Lemberg, Getreide einkaufen.«
»Jankel, warum versuchst du, mich anzulügen?«
»Was heißt anlügen? Hab ich dich jemals belogen?«
»Geh, geh, Jankel! Wenn du sagst, du fährst nach Lemberg, dann willst du doch, dass ich glauben soll, du fährst nach Krakau. Nun weiß ich aber zufällig, dass du wirklich nach Lemberg fährst. Also warum lügst du?«

Im Bahnhof eines galizischen Städtchens tritt ein Jude an den Fahrkartenschalter. »Haben Sie die Güte, mir zu sagen, was die Fahrt nach Tarnopol kostet.«
»Zwanzig Zloty.«
»Gewalt geschrien! Zwanzig Zloty! Einem armen Juden werden Sie doch fünfzig Prozent nachlassen?«
»Ich habe gesagt: Zwanzig Zloty!«
»Nu, wozu das Geschrei? Sagen wir: Fünfzehn Zloty.«
»Ach, gehen Sie doch zum Teufel!«
»Scha – nicht so aufgeblasen! Sehen Sie, dort drüben steht noch ein Beamter. Werde ich eben zu dem gehen und seine Offerte einholen.«
Damit wendet er sich ab und schickt sich an, die Gleise zu überqueren. »Nicht über die Gleise gehen! Kommen Sie zurück!«, ruft ihm der Schalterbeamte nach.
»Zu spät, Herr Vorsteher! Jetzt ist mit mir kein Geschäft mehr zu machen!«

Der Schaffner nähert sich dem Waggon. Die Juden, die eine Wache aufgestellt haben, verschwinden alle rechtzeitig unter den Bänken. Als der Schaffner ins Abteil kommt, sieht er unter einer Bank einen Stiefel herausragen, packt zu und zieht einen ukrainischen Bauern hervor.

»Die Fahrkarte!«

Der Bauer zeigt seine Fahrkarte vor.

»Ja, wozu hast du dich denn unter der Bank versteckt, wenn du eine gültige Fahrkarte hast?«, wundert sich der Schaffner.

»Nun«, sagt der Bauer, »als ich gesehen habe, wie Itzig Katz unter die Bank kriecht, da hab ich mir gedacht: Wenn der kluge Itzig kriecht, dann weiß er, warum, also muss man mitkriechen.«

In einem überfüllten Hotel wird einem Juden ein Bett in einem Zweibettzimmer angewiesen. Im andern Bett schläft bereits ein Offizier. Aus Rücksicht auf den Zimmergenossen zieht sich der Jude im Dunkeln aus und da er zum Frühzug will, zieht er sich auch am nächsten Morgen wieder im Dunkeln an. Er wundert sich, dass auf der Straße die Soldaten vor ihm salutieren, aber erst, als er auf dem Bahnhof in einen Spiegel schaut, geht ihm ein Licht auf: Er trägt eine Leutnantsuniform! »Die Krätze auf diesen Wirt!«, schimpft er. »Hat doch der Esel statt meiner den Leutnant geweckt!«

Ein galizischer Jude fährt in der Eisenbahn. Da er allein ist, hat er es sich bequem gemacht und die Füße auf die Bank gelegt. Da steigt ein modern gekleideter Herr zu. Sofort nimmt sich der Jude zusammen und setzt sich ordentlich hin. Nach einer Weile fragt der Fremde den Juden: »Sagen Sie bitte, wann haben wir eigentlich Jom Kippur?«
»Ach so«, brummt der Jude und legt die Füße wieder auf die Bank.

In der Bahnhofshalle eines wolynischen Städtchens stand seit kurzem ein Automat. Wenn man ein Zehnkopekenstück einwarf, gab er eine Bahnsteigkarte aus, und ohne Bahnsteigkarte durfte man nicht auf den Perron.
Einmal kam ein Jude, der wollte eine Bahnsteigkarte lösen, und als er sah, was da angeschrieben stand, dachte er bei sich: Ach was, du wirst mir die Karte auch für fünf Kopeken geben, und warf ein Fünfkopekenstück ein. Aber es kam kein Billett heraus. Sagte er zum Automaten: »Nu, nichts für ungut, hier hast du noch fünf Kopeken, gib mir das Billett, und dann lass

mich in Frieden.« Und er warf noch fünf Kopeken ein, aber es rührte sich nichts. Da war er überzeugt, dass der Automat ein ausgemachter Schwindel sei.
Derweil sah er, wie ein Offizier herantrat, ein Zehnkopekenstück in den Automaten warf und prompt eine Bahnsteigkarte bekam. Da sagte er zum Automaten: »Mir wolltest du keine geben, und dem Goj gibst du? Was bist du doch für ein schäbiger Antisemit!«

Kontrolleur: »Sie sitzen im Eilzug, mein Herr, aber Sie haben nur eine Karte für den Personenzug. Sie müssen nachzahlen.«
Itzig: »Wozu? Fahren Sie doch langsamer. Ich habe Zeit.«

Ein Jude und ein Offizier sitzen in der Bahn. Um sich die Langeweile zu vertreiben, geben sie sich Rätsel auf.
Der Offizier: »Was ist das: Das Erste läuft, das Zweite läuft, und das Ganze ist ein Schlachtort aus dem Siebenjährigen Krieg.« Der Jude weiß es nicht. »Ganz einfach: Roßbach.«
Nun denkt sich der Jude ein Rätsel aus. »Was ist das: Das Erste läuft, das Zweite läuft, das Dritte läuft nicht.« Der Offizier zerbricht sich den Kopf, aber er kann es

nicht herausbekommen. »Das ist doch ganz einfach!«, triumphiert der Jude. »Das sind die drei Kinder von meinem Schwager Elias.«

Zwei Juden sitzen im Eisenbahnabteil.
»Oj«, seufzt der eine.
»Ojojoj«, seufzt der andere.
Meint der erste: »Herr, hören wir auf, über Politik zu reden.«

Der Schaffner hat zwei Schwarzfahrer unter der Bank hervorgeholt.
»Haben Sie doch ein Einsehen«, bittet der eine, »meine Tochter feiert Hochzeit in Lemberg, sie ist mein einziges Kind, und ich habe kein Geld für eine Fahrkarte.«
Der Schaffner kratzt sich am Kopf, er fühlt Mitleid.
»Und Sie?«, fragt er den zweiten.
»Ich bin sein Schwager. Er hat mich zur Hochzeit eingeladen.«

Im Schnellzug Warschau–Kiew sitzen in einem Abteil bereits drei Herren. Als vierter kommt ein jüdischer Handlungsreisender herein und schlägt sogleich vor: »Meine Herren, lassen Sie uns die Strecke bis Kiew

in vier Teile aufteilen. Jeder von uns hat dann während eines Viertels der Strecke eine Bank für sich allein, so dass er sich ausstrecken und schlafen kann.«
»Ein guter Gedanke«, finden die andern.
»Sind Sie einverstanden, dass ich als Erster bis Lublin schlafe?«
Die anderen haben nichts dagegen, der Commis legt sich hin. Er schläft bis kurz vor Lublin, dann nimmt er seinen Koffer und schickt sich an auszusteigen.
Die andern drei sind empört: »Warum haben Sie uns nicht gesagt, dass Sie nur bis Lublin fahren?«
»Sie haben mich ja nicht danach gefragt, meine Herren.«

Gedalje am Fahrkartenschalter: »Was kostet eine Fahrt nach Lemberg?«
»Zweiundzwanzig Zloty.«
»Zweiundzwanzig Zloty? Das ist mir zu teuer. Lassen Sie mir zehn Zloty vom Preis ab, dann nehm ich die Karte.«
»Was fällt Ihnen ein? Wir sind hier nicht auf dem Markt!«
Gedalje versucht weiter zu feilschen und bringt den Bahnbeamten damit allmählich in Weißglut. Mittlerweile ist der Zug abgefahren. Darauf Gedalje schadenfroh: »Sehn Sie, das haben Sie nun davon!«

Ein Jude kommt auf den Bahnsteig gerannt – da fährt ihm der Zug vor der Nase weg. »Ph«, sagt er, »ich wollte ja gar nicht mitfahren!«

Im Zugabteil sitzt ein Jude einem schlafenden Offizier gegenüber. Plötzlich wird ihm übel, er muss sich übergeben. Dabei bekommt die Uniform des Offiziers etwas ab. Der Jude erschrickt, aber schnell gefasst beginnt er, die Uniform abzuwischen: Als der Offizier davon erwacht, fragt er ihn teilnahmsvoll: »Ist Ihnen schon besser?«

Drei jüdische Handelsreisende fahren oft zusammen die gleiche Strecke. Sie haben sich schon alle Witze erzählt, die sie kennen. Es braucht nur einer den Mund zu öffnen, schon winken die andern ab: »Kennen wir schon!« Schließlich verfallen sie auf die Idee, alle Witze aufzuschreiben und zu nummerieren. Nun braucht nur ab und zu einer den andern eine Nummer zuzurufen, um sie zum Lachen zu bringen. Unterwegs steigt ein neuer Reisender zu. Verwundert hört er sich das unverständliche Spiel eine Weile mit an, schließlich bittet er darum, eingeweiht zu werden und mitmachen zu dürfen. Nachdem er die Witzliste studiert hat, ruft er plötzlich:

»Zweiunddreißig!«
Niemand lacht.
»Was ist denn los?«, wundert er sich. »Das ist doch ein erstklassiger Witz.«
»Ja, schon«, geben die andern zu, »erzählen muss man ihn nur können.«
Nach einer Weile ruft einer: »Achtundneunzig!«
Brüllendes Gelächter.
»Verstehe ich nicht«, meint der Neue, »der steht doch gar nicht auf der Liste drauf.«
»Eben. Den kannten wir noch nicht.«

Als ich letzten Winter im Schlitten durch die Karpaten reiste, haben mich neunundneunzig Wölfe verfolgt.«
»Ausgerechnet neunundneunzig?«
»Ich wollte eigentlich sagen: hundert, aber dann hättet ihr wieder behauptet, ich übertreibe.«

Im Zugabteil einer galizischen Kleinbahn kommen ein paar Juden ins Gespräch.
»Woher seid Ihr?«
»Aus Krotoschin.«
»Seid ihr da viele Juden?«
»Nu, an siebentausend.«

»Habt ihr auch Gojim?«
»Vielleicht dreihundert, was man so braucht als Straßenkehrer und Feuerwehrleut.«
»Und woher seid ihr?«
»Aus Warschau.«
»Seid ihr da viele Juden?«
»Nu, so zweihunderttausend.«
»Gottes Wunder! Und habt ihr auch Gojim?«
»So vierhunderttausend.«
»Gott der Gerechte! Zu was braucht ihr so viele Gojim?«

An der französisch-deutschen Grenze.
Zöllner: »Haben Sie etwas zu verzollen?«
Teitelboim: »Nein.«
Zöllner: »Und was ist in der Flasche hier?«
Teitelboim: »Wasser aus Lourdes.«
Der Zöllner öffnet die Flasche – es ist französischer Cognac drin.
»Nanu«, staunt Teitelboim, »schon wieder ein Wunder!«

Eli, ich will dir ein Problem zu lösen geben: Da ist ein Teich. Rund um den Teich führt ein Weg. An einem Ufer steht ein Dackel und will auf die andere Seite hinüber – er darf aber weder schwimmen noch den Weg entlang laufen. Wie kommt er hinüber?«

»Da muss ich nachdenken ... Nein, ich weiß es nicht.«
»Ganz einfach: Er schwimmt.«
»Ich denke, er darf nicht schwimmen?«
»Nu, er schwimmt eben doch!«

Meyer telegrafiert mir, ich soll heute nach Stettin kommen; Levy telegrafiert mir, ich soll heute nach Bochum kommen. Bin ich ein Vogel, dass ich an zwei verschiedenen Orten zur gleichen Zeit sein kann?«

Eisik geht im Januar am Seeufer spazieren. Da sieht er plötzlich seinen Freund Löwenthal in einem Eisloch zappeln. »Löwenthal, bist du eingebrochen?«
»Nu, der Winter wird mich beim Baden überrascht haben!«

Zwei galizische Juden erkundigen sich nach ihrer Ankunft in Wien im »Metropol«: »Was kostet bei Ihnen ein Zweibettzimmer?«
»Das hängt von der Etage ab: Ein Zimmer im Erdgeschoss kostet zehn Gulden, im ersten Stock acht Gulden, im zweiten Stock sechs, im dritten fünf und im vierten vier Gulden.«
Die Juden danken und wollen gehen.

»Sind den Herren die Preise zu hoch?«, fragt der Empfangschef.
»Das nicht«, versichern die beiden, »uns ist nur das Hotel zu niedrig.«

Hallo, Ornstein! Wie geht's?«
»Danke der Nachfrage. Aber ich heiße nicht Ornstein.«
»Nein, wie sich ein Mensch nur so verändern kann! Sie sind schmaler geworden und größer, Sie haben jetzt volleres Haar und eine ganz andere Nase – und Ornstein heißen Sie auch nicht mehr!«

Itzig ist todmüde im Hotel angekommen und sofort eingeschlafen. Um zwei Uhr nachts klopft der Wirt an seine Tür. Itzig fährt aus dem Schlaf. »Was ist los?«
»Ich wollte Ihnen nur melden, dass Ihre Koffer von der Bahn gebracht worden sind.«
»Das hat Zeit bis morgen. Lassen Sie mich in Ruhe!«
Als Itzig wieder eingeschlafen ist, weckt ihn aufs Neue ein Klopfen. »Was ist nun schon wieder?«
»Ich wollte Ihnen nur mitteilen«, ruft der Wirt, »dass es ein Irrtum war: es sind gar nicht Ihre Koffer.«

Haben Sie ein Bad genommen?«
»Wieso? Fehlt eins?«

Haben Sie gut geschlafen?«, erkundigt sich der Wirt.
»Ja, tief und fest. Nur die armen Wanzen haben nebbich die ganze Nacht kein Auge zugetan.«

Ich bin ein reinlicher Mensch. Ich nehme jedes Jahr ein Bad, ob ich's nötig hab oder nicht.«

Nach Sizilien wollen Sie, Herr Stern? Jetzt im Juli, wo dort vierzig Grad im Schatten sind!«
»Nu, ich muss ja nicht partout im Schatten gehen.«

Was ist der Unterschied zwischen nominell und real?«
»Ganz einfach: Wenn einer ›Esel‹ zu mir sagt, so ist das nominell. Wenn er aber dich einen Esel nennt, dann ist das real.«

Simon Citron bestellt sich in der Konditorei einen Apfelkuchen, lässt ihn aber zurückgehen und sich stattdessen einen Likör bringen. Nachdem er ausgetrunken hat, erhebt er sich und verlässt die Konditorei. Der Konditor kommt ihm nachgelaufen. »Herr, Sie haben den Likör noch nicht bezahlt!«
»Ich hab Ihnen doch dafür den Apfelkuchen zurückgegeben.«
»Den hatten Sie doch auch nicht bezahlt!«
»Nu, hab ich ihn denn gegessen!«

Zwei Freunde streiten sich.
»Du Rindvieh!«, schimpft der eine.
»Vielleicht bin ich wirklich ein Rindvieh«, gibt der andere zu. »Ist bloß die Frage: Bin ich ein Rindvieh, weil ich dein Freund bin, oder bin ich dein Freund, weil ich ein Rindvieh bin?«

Zwei Juden begegnen sich bei einer Feier in der Wohnung eines gemeinsamen Bekannten. »Gestatten Sie: Rabinowicz«, stellt sich der eine vor. Der andere überlegt. »Rabinowicz … Rabinowicz … Sagen Sie, sind Sie nicht so ein kleiner Dicker mit einem roten Spitzbart?«

Ein Lehrer verlor seine Stellung, weil er trank. Die Leute redeten ihm zu, er solle doch aufhören mit dem Trinken, dann würden sie ihn wieder einstellen. »Auch eine Logik!«, meinte er. »Ich gebe Stunden, um trinken zu können – und nun soll ich aufhören zu trinken, um Stunden geben zu können.«

Vier Juden sitzen im Caféhaus und spielen Skat. Reich sagt einen Grand aus der Hand an – im selben Augenblick sinkt er tot vornüber. Herzschlag. Alle sind vor Schreck gelähmt. Als Erster fasst sich Levy wieder. Er hebt die Karten des Toten auf und sagt: »Ich bin doch neugierig, was für einen Grand Hand der selige Reich gehabt hat.«

Ruben und Nuchim haben sich Karpfen blau bestellt. Nuchim teilt und legt sich das größere Stück auf den Teller. »Das ist aber nicht nett von dir!«, beklagt sich Ruben. »Hätte ich geteilt, dann hätte ich mir das kleinere Stück genommen.« Nuchim zuckt die Achseln. »Was willst du denn? Du hast doch das kleinere Stück.«

Aus der Speisekammer sind drei Pfund Butter verschwunden. Der Verdacht fällt auf die Katze. Um sich Gewissheit zu verschaffen, stellt die Hausfrau die Katze auf die Waage. »Das sind drei Pfund. Nu schön, jetzt hab ich die Butter – wo ist die Katz?«

Gast zum Kellner: »Hören Sie mal, nehmen Sie gefälligst den Daumen von meinem Kotelett!«
Kellner: »Ist es Ihnen vielleicht lieber, wenn es mir noch mal vom Teller fällt?«

Hallo, wie schön, Sie hier zu treffen! Ich habe Sie schon von weitem erkannt. Als Sie näher kamen, hatte ich allerdings Zweifel – es schien mir, dass nicht Sie es sind, sondern Ihr Herr Bruder. Dann dachte ich mir aber: Nein, er ist es doch. Und jetzt, so aus der Nähe, sehe ich, dass Sie es doch nicht sind.«

Komm weg, Jakob, da ist ein böser Hund, der bellt so wütend!«
»Du weißt doch: Hunde, die bellen, beißen nicht.«
»Nu ja, ich weiß; aber weiß ich, ob er's weiß?«

Wirt zum Gast: »Hören Sie, Sie können unsere Zahnstocher meinetwegen auf den Boden werfen, Sie können sich damit den Kopf kratzen, Sie können sich die Fingernägel damit reinigen. Aber zerbrechen müssen Sie sie doch nicht!«

Drei sitzen im Restaurant. Sie bestellen Tee. »Ich möchte den Tee aber unbedingt in einem sauberen Glas«, ruft der eine dem Kellner hinterher. Nach ein paar Minuten kommt der Kellner mit drei Glas Tee und fragt: »Wer von den Herren bekommt das saubere Glas?«

Ein Jude kommt zum Arzt: »Doktor, helfen Sie mir, ich rede dauernd mit mir selber.«
»Haben Sie Schmerzen?«, fragt der Arzt.
»Nein.«
»Dann brauchen Sie sich doch gar keine Sorgen zu machen«, beruhigt ihn der Arzt. »Sehen Sie, Millionen Leute reden mit sich selber ...«
»Aber, Herr Doktor, Sie wissen ja gar nicht, was ich für ein Langweiler bin.«

Was siehst du so niedergeschlagen aus, Simon?«
»Ich hab beim Rennen mein ganzes Geld verloren.«
»Geschieht dir ganz recht – warum gehst du nicht langsam?«

Kellner, schauen Sie sich die Schweinerei an: Da hab ich doch tatsächlich ein Stück Lumpen aus der Suppe gefischt!«
Kellner: »Na und? Eine Suppe für dreißig Pfennig – wollen Sie aus der vielleicht Brüsseler Spitzen fischen?«

Schmul hat sich vom Professor untersuchen lassen und legt ihm drei Rubel auf den Tisch.
»Eine Untersuchung bei mir kostet zehn Rubel«, sagt der Professor.
»Ach, entschuldigen Sie bitte, man hat mir gesagt: fünf.«

Ein alter Jude geht zum Ohrenarzt, weil er auf dem linken Ohr nichts mehr hört.
»Ja, mein Lieber«, sagt der Arzt nach der Untersuchung, »da ist leider nichts zu machen. Das ist das Alter.«
»Ja, ist denn das linke Ohr älter als das rechte?«

Sagen Sie, wohnt hier ein Dr. Berger? Wissen Sie, so ein kleiner Dicker mit Glatze ...«

»Ja, dritter Stock rechts. Er wohnt allerdings nicht in diesem Haus, sondern im Haus gegenüber. Ob er Doktor ist, weiß ich nicht ... aber hören Sie, wie können Sie behaupten, dass er klein und dick ist? Ich würde sagen, er ist eher schlank. Berger heißt er übrigens auch nicht, sondern ... warten Sie ... warten Sie ... Mandelstamm. Ja, Mandelstamm. Was sag ich – Mandelstamm heißt er? Hieß er! Vor drei Wochen ist er nebbich gestorben. Tut mir aufrichtig leid für Sie.«

Zwei Juden studieren ein Theaterplakat.

»Sag mal«, fragt der eine, »was ist das, eine Pantomime?«

»Das ist so: Die Leute reden, bloß; sie sagen nichts.«

Mojsche, was bist du heute so schweigsam?«

»Bei der Kälte soll ich die Hände aus den Taschen nehmen?«

Schmul kommt in die Stadt und sieht zum ersten Mal ein Telefon.
Der Postbeamte erklärt ihm, wie es gemacht wird: »Mit der linken Hand heben Sie das Hörrohr ab, und mit der rechten drehen Sie die Kurbel.«
»Schön«, meint Schmul, »und womit red ich dann?«

Ein Jude aus einem galizischen Städtchen ist zum ersten Mal in Wien. Fasziniert steht er am Opernplatz und beobachtet den Verkehrspolizisten auf der Kreuzung, der unablässig die Arme schwenkt. Nach einer halben Stunde geht er zu dem Wachtmeister hin und sagt: »Verzeihen Sie, Herr Inspektor, könnten Sie den letzten Satz noch mal wiederholen? Ich hab ihn nebbich nicht verstanden.«

Ein Schiff ist eine Meile vor der Küste gesunken. Fast alle Passagiere ertrinken, nur zwei Juden – ausgerechnet Nichtschwimmer – können sich retten.
»Wie war das möglich?«, werden sie gefragt.
»Als das Schiff unterging«, erklärt der eine, »waren wir gerade in einem interessanten Gespräch. Und dann haben wir einfach immer weitergeredet, bis wir festen Grund unter den Füßen hatten.«

Nathan hat seine Frau nach Wien geschickt, damit sie dort einen Internisten konsultiert. Nach ein paar Tagen schickt Frau Nathan ihrem Mann ein Telegramm: »Er sagt operieren operieren.« Nathan telegrafiert zurück: »Er sagt operieren operieren.«
Der Arzt ist ziemlich ratlos. »Was hat das zu bedeuten, Frau Nathan?«
»Aber Doktorleben, das ist doch ganz einfach. Ich hab meinem Mann telegrafiert: Der Arzt sagt, ich soll mich operieren lassen. Soll ich mich operieren lassen? Und er hat geantwortet: Wenn der Arzt sagt, du sollst dich operieren lassen, dann lass dich operieren.«

Katz steht wegen Hehlerei vor Gericht. »Wie können Sie nur glauben, dass ich schuldig bin, Herr Richter. Sie sagen doch selbst, dass ich für die Ware zehn Gulden bezahlt habe. Hätt ich geahnt, dass sie gestohlen ist, keine drei hätt ich gegeben!«

Vor Gericht. »Sie heißen?«
»Abraham Levy.«
»Wo geboren?«
»In Inowrazlaw.«
»Beruf?«
»Altwarenhändler.«

»Religion?«
»Ich hab Ihnen doch gesagt, ich heiße Abraham Levy, bin aus Inowrazlaw und handle mit Altwaren – werd ich sein ein Hussit?!«

Jankel Moskauer, der König der Taschendiebe, ist auf frischer Tat ertappt worden. Nun steht er vor Gericht.
»Beschreiben Sie dem Gericht«, fordert ihn der Vorsitzende auf, »wie Sie es bewerkstelligt haben, dem Geschädigten unbemerkt seine goldene Uhr samt Uhrkette zu entwenden.«
»Hohes Gericht!«, entgegnet Jankel. »Für so eine Lektion bekomme ich zehn Gulden die Stunde.«

Pinkus ist von einem Geschäftspartner verklagt worden und hat nun einen Prozess am Hals.
Pinkus: »Was meinen Sie, Herr Rechtsanwalt, ob ich dem Richter vielleicht eine fette Gans als Präsent schicke?«
Anwalt: »Um Gottes willen! Das wäre ja ein Bestechungsversuch. Da hätten Sie den Prozess von vornherein verloren!«
Pinkus: »Nu, Sie müssen's wissen.«
Pinkus gewinnt den Prozess. Als er sich hernach mit

seinem Anwalt trifft, schmunzelt er. »Also, was sagen Sie nu? Ich hab dem Richter doch eine Gans geschickt.«
Anwalt: »Mensch, das haben Sie getan?!«
Pinkus: »Gewiss, bloß: ich hab die Visitenkarte vom Kläger beigelegt.«

Im Finanzamt bittet der Kaufmann Berger um Steuernachlass.
»Aber Sie haben doch ein großes Konfektionsgeschäft am Ring«, hält ihm der Steuerinspektor entgegen.
»Na und? Ich setze doch zu bei dem Geschäft.«
»Wovon leben Sie dann?«
»Wovon? Am Sabbat und am Sonntag ist der Laden geschlossen, da setze ich nicht zu, und davon lebe ich ...«

Ein Kaufmann aus Lodz musste kurz vor einem Prozesstermin nach Krakau verreisen. Er bat seinen Anwalt, ihn telegrafisch über das Urteil zu unterrichten. Nach der Verhandlung gab der Anwalt eine Depesche auf: »Die Gerechtigkeit hat gesiegt.« Zwei Stunden später erhielt er Antwort: »Sofort Berufung einlegen.«

Hirschfeld steht vor Gericht, weil er gefälschten Wein verkauft hat. Er verzichtet auf einen Rechtsbeistand und verteidigt sich selber.
»Herr Richter, verstehen Sie etwas von Chemie?«
»Nein. Ich bin Jurist.«
Hirschfeld zum Sachverständigen: »Herr Experte, verstehen Sie etwas vom Gesetz?«
»Nein, Ich bin Chemiker.«
»Sehen Sie, Herr Richter – und von einem armen Juden verlangen Sie, dass ich mich in beidem auskenne.«

Elias hat Chaim vor den Rabbi zitiert.
Elias: »Er schuldet mir fünfhundert Rubel und will nicht zahlen!«
Chaim: »Diesen Monat kann ich leider nicht zahlen.«
Elias: »Das hat er schon letzten Monat gesagt.«
Chaim: »Na und? Hab ich etwa nicht Wort gehalten?«

Mandelstamm steht wegen Einbruchdiebstahls vor Gericht. »Eins verstehe ich nicht, Angeklagter«, sagt der Richter. »In der Wohnung lagen Wertgegenstände unverschlossen umher. Wieso haben Sie nur wertloses Zeug mitgehen lassen?«
Mandelstamm ist sichtlich zerknirscht: »Ich halte das nicht mehr aus, Herr Richter! Meine Frau hat mir

schon genug zugesetzt deswegen – und nun fangen Sie auch noch damit an.«

Kaiser Franz Joseph besichtigt ein Zuchthaus. Leutselig fragt er einen Gefangenen, wie viele Jahre er zu verbüßen habe.
»Lebenslänglich, Majestät.«
»Wissen's was, Herr Gefängnisdirektor? Ich schenk dem Mann die Hälfte.«
Was tun? Niemand weiß, wie der kaiserliche Gnadenakt in die Tat umzusetzen sei. Erst der Rabbi, den man schließlich um Rat fragt, findet eine Lösung: »Soll er abwechselnd einen Tag sitzen und einen Tag frei sein.«

Zwei Juden teilen eine Gefängniszelle. Der eine liegt mit stoischer Ruhe auf der Pritsche. Der andere läuft nervös auf und ab. Da meint der auf der Pritsche: »Sag mal, was rennst du so hin und her? Glaubst du, wenn du gehst, dass du dann nicht sitzt?«

Der deutsche Kaiser besucht kurz vor Kriegsende ein Lazarett. Leutselig unterhält er sich mit den Patienten. Alle sind siegesgewiss: »Mit Gottes Hilfe

und der Tapferkeit unserer Soldaten werden wir den Krieg gewinnen, Majestät!«
Schließlich tritt der Kaiser ans Bett eines verwundeten jüdischen Soldaten. »Na, mein Lieber, und was meinen Sie: Werden wir den Krieg gewinnen?«
»Gewiss werden wir gewinnen, Majestät! Aber wenn ich Ihnen einen Rat geben darf: Überschreiben Sie für alle Fälle die Mark Brandenburg auf den Namen Ihrer Frau.«

Der Zar inspiziert ein Regiment und erkundigt sich bei den Soldaten, ob sie Beschwerden hätten. Rekrut Pinkus fasst sich ein Herz: »Majestät, ich bin unglücklich in Russland. Als Jude darf ich nicht wohnen, wo ich will, ich darf nicht arbeiten, was ich will, ich darf keine höhere Schule besuchen, meine Familie hungert ...«
Der Zar seufzt: »Glaubst du, dass es mir besser geht als dir? Meine Minister betrügen und bestehlen mich, die Anarchisten werfen Bomben auf mich – ich bin genauso unglücklich wie du.«
»Wissen Sie was, Majestät«, schlägt Pinkus vor, »wandern wir doch zusammen nach Amerika aus!«

Im alten Petersburg fiel ein Jude in die Newa. »Gewalt!«, schrie er. »Rettet mich!« Zwei zaristische Polizisten patrouillierten am Ufer, doch sie dachten gar nicht daran, dem Ertrinkenden zu helfen. »Hilfe! Ich ertrinke!«, schrie der Jude. Die Polizisten lachten nur. Dem Ertrinken nahe, hob der Jude mit letzter Kraft den Kopf aus dem Wasser und schrie, so laut er konnte: »Nieder mit dem Zaren!« Sofort sprangen die Polizisten in den Fluss, zogen ihn heraus und führten ihn ab.

In Petersburg gingen einmal zwei Juden auf der Straße. Der eine hatte eine gültige Aufenthaltsgenehmigung, der andere nicht. Plötzlich sahen sie hinter einer Ecke einen Polizisten hervorkommen. Was tun? Der mit der Aufenthaltsgenehmigung machte kehrt und rannte weg. Der Polizist hinterher.

Nachdem sie ein ganzes Stück gelaufen waren, holte der Polizist den Juden ein und packte ihn am Schlafittchen. »Hast du eine Aufenthaltsgenehmigung?«, fragte er streng.

»Natürlich habe ich«, lächelte der Jude und hielt dem Polizisten seinen Pass hin.

»Warum bist du dann vor mir weggelaufen?«

»Ich bin gar nicht weggelaufen. Mir hat der Arzt Bewegung verordnet, und deshalb laufe ich jeden Tag nach dem Frühstück ein paar Minuten.«

»Aber du hast doch gesehen, dass ich hinter dir hergelaufen bin. Warum bist du nicht stehen geblieben?«
»Warum sollte ich?«, sagte der Jude. »Ich dachte, der Arzt hat Euch auch Bewegung verordnet.«

Aus dem Zirkus in Charkow war ein Bär entlaufen, die ganze Stadt geriet in Aufruhr. Polizisten mit geladenen Gewehren eilten durch die Straßen. Ein verschreckter Jude suchte sich, so schnell er konnte, in Sicherheit zu bringen.
»Was rennst du denn?«, rief ihm ein Freund hinterher. »Du bist doch nicht der Bär.«
»Das schon. Aber kaum dass du dich versiehst, erschießen sie einen Juden. Und dann geh hin und beweise ihnen, dass du nicht der Bär bist.«

Elkisch macht sich Sorgen. »Ich weiß nicht, was ich tun soll. Allmählich muss ich meinen kleinen Sohn in die Geburtslisten eintragen lassen. Lasse ich ihn älter eintragen, als er ist, und er kann sich später nicht vom Militärdienst loskaufen, dann wird er womöglich eingezogen, wenn er noch viel zu jung und zu schwach dafür ist. Melde ich ihn jünger an, als er ist, dann muss er womöglich zu den Soldaten, wenn er schon Weib und Kind hat.«

»Vielleicht lässt du ihn einfach genau so alt eintragen, wie er ist?«
»Ein glänzender Einfall! Darauf wäre ich nicht gekommen.«

Elias möchte sich vom Kriegsdienst befreien lassen. Bei der Musterung erklärt er dem Arzt: »Ich habe Schwindsucht.«
»Na und? General Borossilow ist auch schwindsüchtig. Drückt er sich deswegen?«
»Und auf dem rechten Auge bin ich blind.«
»General Iwanow sieht auch nur auf einem Auge, deswegen ist er doch ein hervorragender Soldat.«
Da spielt Elias seinen letzten Trumpf aus: »Und schwachsinnig bin ich auch.«
»Das könnte Ihnen so passen, deswegen vom Militärdienst befreit zu werden«, schnauzt der Arzt, »der Zar tut doch auch seinen Dienst!«

Man erwartet eine Rekrutierungskommission im Dorf. Die Burschen verstecken sich und mit ihnen auch ein alter Jude. »Was habt Ihr denn zu fürchten?«, wundern sich die Burschen. »Einen alten Mann wie Euch können sie doch nicht brauchen.« Der alte Jude: »Und Generäle brauchen sie etwa keine?«

Der Zar wollte einmal die Treue seiner Soldaten auf die Probe stellen. Er ließ die Truppe antreten, ging auf den Flügelmann zu und sagte: »Hör mal, wenn ich dir befehle, – auf mich zu schießen, wirst du es dann tun?« Antwortete der Soldat wie aus der Pistole geschossen: »Zu Befehl! Selbstverständlich.« Der Zar stellte einem zweiten und einem dritten Soldaten dieselbe Frage, und alle gaben zur Antwort, dass man schießen müsse, wenn man es ihnen befehle.
Zum Schluss kam der Zar zu einem jüdischen Soldaten. »Nun, und du? Wirst du auf mich schießen, wenn ich es dir befehle?«
»Nein!«, sagte der Jude ohne Zögern.
Da freute sich der Zar: »Endlich ein treuer Soldat!« Und er fragte weiter: »Warum willst du nicht auf mich schießen? Wenn ich es dir befehle, musst du doch schießen.«
Erwiderte der Jude: »Womit denn? Ich bin doch nur der Trommler.«

Ein Jude kommt frisch an die Front. Eben nähert sich eine feindliche Patrouille den eigenen Linien. Sie wird unter Feuer genommen. »Hört auf zu schießen!«, ruft der Jude entsetzt. »Seht ihr nicht, dass dort Menschen sind?!«

Vor der Schlacht feuert der Hauptmann seine Leute an: »Soldaten, jetzt geht es Mann gegen Mann!« Musketier Ruben: »Herr Hauptmann, könnten Sie mir nicht meinen Mann zeigen? Vielleicht kann ich mich gütlich mit ihm verständigen.«

Im Russisch-Japanischen Krieg kam ausnahmsweise einmal der Befehl zum Rückzug, und was man einem russischen Soldaten befiehlt, das tut er. So liefen sie also, und die Japaner ihnen nach. Als nach einiger Zeit Rast gemacht wurde, da sah man: Alle hatten ihren Brustharnisch vorschriftsmäßig angelegt – nur der Jude trug ihn auf dem Rücken.
Fragte ihn der Offizier: »Was soll denn das heißen, dass du den Brustharnisch auf den Rücken geschnallt hast?«
»Warum denn nicht?«, erwiderte der Jude. »Ich habe vorher gewusst, dass wir davonlaufen würden.«

Ein Jude hat sich im Russisch-Japanischen Krieg ausgezeichnet. Er darf wählen zwischen dem Georgskreuz und hundert Rubel.
»Wie viel ist das Georgskreuz wert?«, will er wissen.
Offizier: »So eine sinnlose Frage! Das Kreuz selbst ist höchstens einen Rubel wert. Hier geht es doch um die Ehre!«

»Ja, verstehe«, sagt der Jude. »Dann geben Sie mir also ... neunundneunzig Rubel und das Kreuz.«

Im Unterricht für Unteroffiziersanwärter fragt der Leutnant einen jüdischen Rekruten: »Sie dort, sagen Sie mir, warum soll der Soldat fürs Vaterland sein Leben lassen?« Entgegnet der Gefragte: »Melde gehorsamst, das frag ich mich auch.«

Als der Feind zum Angriff übergeht, ergreift Kohn die Flucht. Er läuft und läuft immer geradeaus, bis er fast einen Offizier umgerannt hätte. Kohn nimmt Haltung an und stottert: »Herr Hauptmann, ich melde gehorsamst ...«
»Herr Hauptmann? Sind Sie blind, Kerl?! Sehen Sie nicht, dass ich General bin?!«
Darauf Kohn erstaunt: »Was, so weit bin ich schon gelaufen?«

Einjähriger Meyer: »Herr Feldwebel könnte ich morgen Urlaub bekommen?«
Feldwebel: »Weshalb?«
Meyer: »Immatrikulation.«
Feldwebel: »Immer diese jüdischen Feiertage!«

Als das Signal gegeben wird, klettert die Kompanie aus den Schützengräben und geht zum Sturmangriff vor. Nur Levy läuft nach hinten. Der Hauptmann greift ihn sich: »Da vorn steht der Feind!« Levy: »Nu, man wird doch noch Anlauf nehmen dürfen.«

Der General hat sich zur Inspektion angesagt. Rekrut Schmul ist als Wachtposten aufgestellt, damit er das Erscheinen des Generals rechtzeitig meldet. Der Leutnant kommt immer wieder herausgelaufen und fragt nervös, ob der General noch nicht in Sicht ist. Endlich trifft der General ein. Da tritt Schmul an ihn heran und flüstert ihm vertraulich zu: »Machen Sie sich auf einen Anschiss gefasst. Der Herr Leutnant hat schon dreimal nach Ihnen gefragt!«

Feldwebel: »Warum soll der Soldat nicht mit brennender Zigarette über den Kasernenhof gehen?« Rekrut Goldschmidt: »Recht haben Sie, Herr Feldwebel, warum soll er nicht!«

Bei der Musterung.
»Bitte, Herr Stabsarzt, schicken Sie mich nicht zur Artillerie, ich kann das Schießen nicht hören.«
»Keine Angst, Wehrpflichtiger Blum, die schießen so laut, das werden Sie schon hören.«

Auf einem Wohltätigkeitsball.
»Gestatten: von Bredow, Leutnant der Reserve.«
»Sehr angenehm. Lilienthal, dauernd dienstuntauglich.«

In der Wiener Presse erschien folgende Annonce: »Für die Kinder des Barons Rothschild wird ein Klavierlehrer mit Englisch- und Französisch-Kenntnissen gesucht.« Am nächsten Tag klingelte ein galizischer Jude im Kaftan am Tor des Rothschildschen Palais. »Ich komme wegen der Annonce.«
Der Sekretär sieht ihn zweifelnd an. »Können Sie denn Englisch und Französisch?«
»Nein.«
»Aber Sie geben Klavierstunden?«
»Nein, auch nicht.«
»Ja, weshalb sind Sie dann gekommen?«
»Ich wollte dem Herrn Baron nur mitteilen, dass er mit mir nicht zu rechnen braucht.«

Der kleine Moritz besucht eine katholische Schule. Der Katechet will mit den Schülern über das Abendgebet sprechen.
»Nun, Karl, was machst du denn vor dem Schlafengehen?«
»Ich putze mir die Zähne.«
»Brav. Und was machst du vor dem Einschlafen, Alfred?«
»Ich lese noch im Bett.«
Da er so nicht zum Ziel kommt, versucht er es anders: »Was machen denn eure Eltern vor dem Einschlafen?«
Da meldet sich der kleine Moritz: »Pfarrerleben, Sie wissen es, und ich weiß es, aber sagen Sie: Ist das eine Frage für die erste Klasse?«

Moritz kommt zu spät zur Schule. »Herr Lehrer, draußen ist so ein Glatteis, dass ich bei jedem Schritt vorwärts zwei zurückgerutscht bin.«
Der Lehrer, zweifelnd: »Wie hast du's dann überhaupt bis hierher geschafft?«
»Ich hab mich umgedreht und bin rückwärts gelaufen.«

Moritz kommt heulend nach Hause. »Was hast du angestellt?«, will der Vater wissen.
»Gar nichts! Der Lehrer hat gefragt, wer den ›Faust‹ geschrieben hat. Ich hab gesagt, ich bin es nicht gewesen. Da hat er mir eine runtergehauen.«
Der Vater stellt den Lehrer zur Rede.
»Stellen Sie sich vor«, sagt der Lehrer, »ich habe Ihren Buben gefragt, wer den ›Faust‹ geschrieben hat, und da besitzt er doch die Frechheit, mir zu antworten, er sei es nicht gewesen!«
»Herr Lehrer«, wendet der Jude ein, »mein Moritz mag viele Fehler haben. Aber lügen – nein. Wenn er sagt, er hat den ›Faust‹ nicht geschrieben, dann hat er ihn nicht geschrieben. Und sollte er ihn doch geschrieben haben – sehen Sie's ihm nach, er ist ja noch ein Kind.«

Der neue Lehrer fragt die Kinder nach Namen und Religion. Der kleine Sami sagt: »Römisch-katholisch.«
»Warum sagst du ›katholisch‹, Sami, wo du doch ein Unsriger bist?«, wundert sich sein Nachbar Eli.
Darauf Sami: »Was werd ich protzen vor dem Goj.«

Der Schulrat inspiziert die Schule. Er fragt einen Schüler, weshalb die Achse des Globus schief stehe. Der Schüler antwortet verlegen, er habe es nicht getan. Darauf fordert der Schulrat den Lehrer auf, die Sache zu erklären. Der Lehrer wird rot und stottert: »Herr Schulrat, es ist wirklich so, wir haben den Globus schon so aus dem Laden bekommen.« Der Schulrat erzählt den Vorfall dem Rektor. Der Rektor, wütend: »Hab ich dem Lehrer nicht schon hundertmal gesagt, er soll die Lehrmittel nicht beim Juden kaufen!«

Ich war gestern in der Oper.«
»War's schön?«
»Als ich hingegangen bin, war's schön. Auf dem Heimweg hat es geregnet.«
»Ich will nicht wissen, wie das Wetter war, ich will wissen, was sie gegeben haben.«
»Fünf Gulden.«
»Unsinn, ich meine: Was haben die Schauspieler gegeben?«
»Die? Nichts. Die sind umsonst reingekommen.«
»Aber verstehen Sie doch. Ich meine: In was waren Sie?«
»Im dunklen Anzug natürlich.«
»Ich frag doch nicht, was Sie anhatten, ich frag: Was hat man gespielt?«

»Ach so. ›Tristan und Isolde‹.«
»Und – war's schön?«
»Nu, man amüsiert sich.«

Ein Jude stritt sich mit einem Griechen, wessen Kultur älter sei.
»Ich werde dir beweisen, dass wir die ältere Kultur haben«, sagte der Grieche. »Bei den archäologischen Ausgrabungen in Theben wurde Kupferdraht gefunden. Daraus geht hervor, dass die alten Griechen bereits den Telegrafen gekannt haben.«
»Na und?«, entgegnete der Jude. »In Palästina hat man die ganze Umgebung von Jaffa ausgegraben und kein einziges Stückchen Draht gefunden. Daraus folgt, dass die alten Juden schon die drahtlose Telegrafie gehabt haben.«

New Orleans. Ein Farbiger sitzt in der Straßenbahn und liest eine jiddische Zeitung. Da klopft ihm ein Jude auf die Schulter und sagt: »Es reicht Ihnen wohl nicht, schwarz zu sein?«

Jankel, warum nennt man Makkaroni Makkaroni?«
»Ganz einfach: Sie sind lang wie Makkaroni, sehen aus wie Makkaroni und schmecken wie Makkaroni – weshalb sollte man sie also nicht Makkaroni nennen?«

Woran erkennt man, ob man eine Gans oder einen Ganter vor sich hat?«
»Das ist ganz einfach: Man hält dem Tier ein Stück Brot hin. Schnappt er nach dem Brot, so ist es ein Gänserich. Schnappt sie nach dem Brot, so ist es eine Gans.«

Mojsche, was soll eigentlich das P im Namen Haman?«
»Im Namen Haman ist doch gar kein P.«
»Wieso ist keins drin?«
»Was soll denn ein P im Namen Haman?«
»Das frag ich doch gerade.«

Was versteht man unter »konsequent«? Konsequent, das ist: nicht heute so und morgen so, sondern heute so und morgen so.

Was ist Chuzpe? Chuzpe ist: wenn einer Vater und Mutter erschlägt und vor Gericht um mildernde Umstände bittet, da er Vollwaise sei.

Rätsel

Warum leben die Juden über die ganze Erde verstreut?

Damit sie sich besser aus dem Weg gehen können.

Was ist am schwersten zu tragen?

Ein leerer Beutel.

Was für ein König ist der beste?

Ein toter.

Wann isst ein armer Jude ein Huhn?

Entweder ist der Jude krank oder das Huhn.

Was macht ein frommer Jude, bevor er Tee trinkt?

Den Mund auf.

Wie steigert man »schön«?

Schön, schöner, am schönsten, ajajaj.

Was ist das? Jeder möchte es erreichen, doch wenn er es erreicht hat, mag er's nicht.

Das Alter.

Ein Mann träumte, er mache mit seinen Eltern eine Seereise. Plötzlich begann das Schiff zu sinken. Er hatte die Möglichkeit, sich selbst und eine weitere Person zu retten – entweder seinen Vater oder seine Mutter. Was musste der Mann tun?

Aufwachen.

Wer hat auf einen Schlag ein Viertel der Menschheit ausgerottet?

Kain.

Wann hörten alle Menschen der Erde gleichzeitig ein und denselben Hahn krähen?

Auf der Arche Noah.

Welches Tier befand sich nicht auf der Arche Noah?

Der Fisch.

Weshalb sind noch heute alle Juden froh, dass Moses gestottert hat?

Hätte er nicht gestottert, hätte er dem Volk Israel noch einmal so viele Gebote und Verbote hinterlassen.

Chelmer Geschichten

In Chelm, dem jüdischen Schilda, fiel der erste Schnee und hüllte die ganze Stadt in makelloses Weiß. Dieser Anblick war so schön, dass der Gemeinderat beschloss, die weiße Pracht so lange wie möglich zu erhalten. So zerbrach man sich den Kopf, was zu unternehmen sei, damit der Tempeldiener, der die Gläubigen allmorgendlich zum Gebet weckt, das jungfräuliche Weiß nicht mit seinen großen Füßen zertrampelt, und nach zweistündiger Debatte wurde entschieden: Der Tempeldiener solle nicht zu Fuß gehen, vier kräftige Juden hätten ihn auf den Schultern von Haus zu Haus zu tragen.

In Chelm brach ein Brand aus. Als die Feuerwehr anrückte, stellte sich heraus, dass der Löschschlauch voller Löcher und nicht mehr zu gebrauchen war. Daraufhin fasste der Gemeinderat den Beschluss, dass der Schlauch jeweils einen Tag vor Ausbruch eines Brandes zu kontrollieren sei.

Der Schuster von Chelm hatte einen Mord begangen und war zum Tode verurteilt worden. Als er schon unter dem Galgen stand, besannen sich die Chelmer, dass sie ja nur einen Schuster im Städtchen hatten – und der sollte gehenkt werden? Was tun? Da hatte der Gemeindevorstand einen Einfall: »Wir haben doch zwei Schneider, und an einem hätten wir genug. Hängen wir doch einen der beiden Schneider auf!« Und so geschah es auch.

Ein Mann aus Chelm fuhr auf den Pferdemarkt. Der Händler pries ihm seine Tiere an: »Dies hier ist ein prächtiges Pferd, schnell wie der Wind. Stellt Euch vor, Ihr reitet um drei Uhr früh in Chelm ab, und um sechs seid Ihr schon in Lublin.«

»Das ist nichts für mich«, sagte der Mann aus Chelm. »Was soll ich so früh am Morgen in Lublin?«

Einmal hielt sich ein Jude aus Litauen in Chelm auf, und weil er über die Stadt abfällige Bemerkungen machte, ließ ihn der Gemeinderat ins Gefängnis stecken. Nach einer Stunde rief der Häftling nach dem Wächter: »Ich habe Hunger, mein Freund. Hier hast du drei Kopeken, sei so gut und hole mir Semmeln.« Als der Wächter gegangen war, entwischte der Litauer aus dem Gefängnis. Doch er wurde geschnappt und wieder eingesperrt. Diesmal postierte man einen schlaueren Wächter vor der Zellentür. Als der Häftling nach Semmeln verlangte, lachte ihm der Wächter ins Gesicht und sagte: »Darauf falle ich nicht rein, du Schlaumeier. Ich rühre mich nicht vom Fleck. Wenn du wirklich solchen Hunger hast, geh doch selber nach Semmeln.«

In der Synagoge von Chelm bricht David Rabinowicz plötzlich tot hinter seinem Gebetpult zusammen. Man muss die Witwe benachrichtigen. Der Tempeldiener wird beauftragt, es ihr schonend beizubringen. Er klopft an die Tür. Man öffnet.

»Wohnt hier die Witwe Rabinowicz?«

»Ich bin Frau Rabinowicz, und ich wohne hier, aber ich bin nicht Witwe.«

»Wollen wir wetten?«

Ein Mann aus Chelm verabredete sich mit seinem Freund.

»Höre, Eisik. Wenn es morgen Nachmittag regnet, komme ich erst abends zu dir.«

»Und wenn es morgen Abend regnet?«

»Nu, dann komme ich am Nachmittag.«

Eine reiche Hausfrau in Chelm schickte ihre Dienstmagd zum Fleischer: »Sieh nach, ob der Schlächter Kalbsfüße hat.« Nach ein paar Minuten war die Magd zurück.

»Was ist?«

»Ich konnte es nicht sehen, gnädige Frau, er hatte Schuhe an.«

Dieselbe Magd sollte vom Krämer Zündhölzer holen. »Aber pass auf«, schärfte ihr die Hausfrau ein, »dass dir der Jossel ordentliche Hölzer mit Köpfen gibt.« Nach längerer Zeit brachte das Mädchen das Gewünschte. »Es sind ausgezeichnete Zündhölzer, gnädige Frau. Ich habe alle ausprobiert.«

Ein Mann aus Chelm ging eines Abends durch die Gassen von Lublin. Da sprach ihn ein junger Mann an: »Könnt Ihr mir sagen, wann heute der Mond aufgeht?«

»Tut mir leid«, antwortete der Chelmer, »ich bin nicht von hier.«

Ein Mann aus Chelm ging suchend um eine Straßenlaterne herum. Er suchte und suchte. Fragt ihn ein Passant: »Habt Ihr was verloren?«

»Ja, einen Rubel.«

»Hier, bei der Laterne?«

»Nein, etwas weiter weg.«

»Warum sucht Ihr dann hier?«

»Weil es hier hell genug ist.«

Zöllner am Schlagbaum: »Was habt Ihr da in Euren Säcken, Schmul?«

Fuhrmann: »Das kann ich Euch nur ins Ohr flüstern.«

Zöllner, neugierig gemacht: »Nu?«

Fuhrmann, flüsternd: »Hafer.«

Zöllner, enttäuscht: »Was ist denn daran Geheimnisvolles?«

Fuhrmann: »Ich möchte nicht, dass es mein Pferd erfährt.«

Seit einiger Zeit schläft Chaim mit der Brille auf der Nase. »Warum setzt du die Brille nicht ab in der Nacht?«, fragt ihn seine Frau. »Weißt du, Liebes, meine Augen sind nebbich so schlecht geworden, dass ich die Leute nicht einmal mehr im Traum erkenne.«

Nach Chelm kam einst der Gouverneur auf einer Inspektionsreise. Im Gespräch mit Mitgliedern der Gemeinde fragte er den Rabbiner: »Sagt mir, Rabbi, ist in Eurer Stadt irgendein großer Mann geboren?« Der Rabbi überlegte: »Nein, Euer Hochwohlgeboren. Ich bin hier seit dreißig Jahren Rabbiner, aber die ganze Zeit wurden nur kleine Kinder geboren.«

Zum Chelmer Rabbi kam ein Kaufmann und klagte: »Rabbi, ich bin pleite.«

»Woher weißt du das?«

»Aus meinen Kontobüchern.«

»Nu, warum verbrennst du sie nicht?«

Ein Jude kehrte einmal in einem Gasthaus ein. Als er gegessen hatte, wollte er zahlen. Die Wirtin fing an zu rechnen: »Ihr hattet ein Ei, macht sieben Kopeken, und ein Glas Tee mit einer Semmel, macht auch sieben Kopeken, sind zusammen elf Kopeken.«

Sagt der Jude: »Ihr müsst Euch verrechnet haben, sieben und sieben ist vierzehn.«

»Unsinn«, sagt die Wirtin, »sieben und sieben ist elf, das kann ich Euch beweisen: Ich bin zum zweiten Mal verheiratet. Von meinem ersten Mann hab ich vier Kinder, gesund sollen sie sein; und er hat von seinem ersten

Weib auch vier Kinder; dann hab ich noch drei Kinder von ihm, sie sollen gesund sein. Hat er also sieben Kinder, und ich hab sieben Kinder, und zusammen haben wir elf Kinder.«

Zwei Juden aus Chelm verabreden sich.
»Also treffen wir uns morgen?«
»Ja.«
»Wo?«
»Wo du willst.«
»Und wann?«
»Mir egal.«
»Gut. Aber ich bitt dich: Sei pünktlich.«

Der neunmalkluge Jossel aus Chelm wurde gefragt: »Warum gibt es viel weniger Pferde auf der Welt als Rinder, obwohl doch, wie jeder weiß, die Rinder geschlachtet werden, die Pferde aber fast nie?« Ohne sich lange zu besinnen, antwortete Jossel: »Das liegt an den Pferdedieben – sie stehlen nur Pferde, aber keine Rinder.«

Der junge Schmul war zum Nachtmahl bei einem Reichen eingeladen. Als der Tee gereicht wurde, brach ein Gewitter los. Da es in Strömen goss, schlug die Hausfrau dem Gast vor, bei ihnen zu übernachten. Schmul nahm dankend an, verschwand aber gleich darauf und fand sich erst kurz vor Mitternacht wieder ein, bis auf den letzten Faden durchnässt.

»Wo waren Sie denn, junger Mann?«

»Wo ich war? Nu, ich habe der Mame Bescheid gesagt, dass ich heute Nacht nicht zu Hause schlafen werde.«

In einem Eisenbahnabteil sitzen mehrere Juden. Um sich die Zeit zu vertreiben, gibt einer der Passagiere seinen Mitreisenden Rätsel auf.

»Was ist das: Es beginnt mit dem Buchstaben E, ist schwarz, und jeder von uns hat es?« Vergeblich zerbrechen sich die Juden den Kopf. »Ein Paar Schuhe.« Allgemeines Gelächter.

»Was ist das: Es beginnt mit dem Buchstaben Z, und nicht jeder von uns hat es?«

»Nu?«

»Zwei Paar Schuhe.« Alle halten sich den Bauch vor Lachen.

»Und was ist das: Es ist rot, hängt am Baum und ...«

»Weiß schon, lacht ein Mann aus Chelm, der in der Ecke sitzt: drei Paar Schuhe.«

Sprüche

◈ Vom Glück zum Unglück ist es nur ein kleiner Schritt, vom Unglück zum Glück sind es viele Tagesreisen.

◈ Wenn du deinem Freund nicht mit Geld helfen kannst, hilf ihm mit einem Seufzer.

◈ Worte muss man wägen, nicht zählen.

◈ Hat der Mensch einen Knüppel, wird sich immer ein Hund zum Prügeln finden.

◈ An einem fremden Bart lässt sich gut scheren lernen.

◈ Was nützt dir ein silberner Becher, wenn er voll von Tränen ist?

◈ Mit Geld lebt es sich nicht so gut, wie es sich ohne Geld schlecht lebt.

◈ Würde Gott auf Erden leben, die Leute würden ihm die Scheiben einschmeißen.

◈ Ein Leichentuch hat keine Taschen.

◈ Wenn ein Schloss verfällt, bleibt es doch ein Schloss. Wenn ein Haufen Mist in die Höhe wächst, bleibt er doch ein Haufen Mist.

◈ Ein schweigender Dummkopf kann bisweilen für einen Weisen gelten.

◈ Die Unwahrheit soll man nicht sagen, gewisse Wahrheiten darf man nicht sagen.

◈ Geht ein Mädchen zu einem Rabbi, ist der Rabbi ein Rabbi und das Mädchen ein Mädchen. Geht ein Rabbi zu einem Mädchen, ist der Rabbi kein Rabbi und das Mädchen kein Mädchen.

◈ Wer sich mit Hunden niederlegt, steht mit Flöhen auf.

◈ Er taugt so viel wie ein ausgeblasenes Ei.

◈ Eine halbe Wahrheit ist eine ganze Lüge.

◈ Die Wahrheit hat Füße, da ist sie geflohen. Die Lüge hat keine Füße, so ist sie geblieben.

◈ Einer hat keinen Appetit zum Essen, der andere kein Essen zum Appetit.

◈ Einen Bock fürchtet man von vorn, ein Pferd von hinten, einen schlechten Menschen von allen Seiten.

◈ Wenn du hungrig bist, lecke Salz – dann wirst du Durst bekommen.

◈ Es gibt keine schlechte Mutter und keinen guten Tod.

◈ Schnelligkeit ist nur gut beim Flöhefangen.

◈ Wenn eine Dummheit gelingt, bleibt sie doch eine Dummheit.

◈ Vom Hersagen der Psalmen tut der Bauch nicht weh, aber satt wird man auch nicht davon.

Herschel von Ostropol

Herschel von Ostropol ist der jüdische Eulenspiegel. Er lebte um die Wende vom 18. zum 19. Jahrhundert in der Ukraine.

Als Herschel sechs Jahre alt war, fragte ihn ein Fremder: »Wie heißt du, mein Junge?«

»Wie mein Großvater.«

»Und wie heißt dein Großvater?«

»So wie sein Großvater.«

Der Fremde überlegte. Dann fragte er: »Wie ruft dich denn deine Mutter, wenn es Essen gibt?«

»Zum Essen braucht man mich nicht zu rufen; ich laufe selber, wenn's so weit ist.«

Über seine Hässlichkeit sagte Herschel: »Ich war einst ein hübsches Kind, aber eine böse Nachbarin hat mich in der Wiege gegen ein hässliches Baby vertauscht.«

Eines Tages wird Herschel von einem alten Möbelhändler angesprochen: »Herschel, kauft mir diesen Schrank ab.«

»Was soll ich damit anfangen?«

»Ihr könnt darin Eure Kleider aufhängen.«

»Soll ich denn nackt herumlaufen?«

Herschels Frau beklagte sich, sie habe kein Geld, um Essen für die Kinder zu kaufen. Als Herschel das hörte, borgte er sich beim Nachbarn eine Peitsche, ging auf den Marktplatz und begann auszurufen: »Reisende nach Letytschowo! Zu mir her, wer nach Letytschowo will! Ich bringe euch zum halben Preis hin.«

Im Handumdrehen hatte sich eine ansehnliche Gruppe zusammengefunden. Herschel sammelte das Geld ein, gab es seinem Sohn und schickte ihn damit nach Hause. Dann sagte er zu den Leuten: »Kommt mit!«, und führte sie zur Stadt hinaus.

»Wo steht der Wagen?«, fragten die Passagiere.

»Keine Sorge«, antwortete Herschel, »folgt mir nur immer nach, ich bringe euch direkt nach Letytschowo.«

Die Leute trauten sich nicht, weiter zu fragen. Sie glaubten, vor der Stadt hinter der Brücke werde wohl der Wagen auf sie warten. Doch als sie zur Brücke kamen, war weder Pferd noch Wagen zu sehen. Da merkten sie, dass Herschel sie hereingelegt hatte, aber da sie schon fast die Hälfte des Weges gegangen waren, hatte es keinen Zweck mehr, umzukehren.

In Letytschowo angelangt, fielen alle über Herschel her: »Gib uns sofort unser Geld zurück, du Gauner! Du hast uns betrogen!«

»Ich hab euch betrogen?«, wunderte sich Herschel. »Ich habe versprochen, euch nach Letytschowo zu bringen, und ich habe euch nach Letytschowo gebracht.«

»Aber nicht mit dem Wagen!«

»Hab ich ein Wort von einem Wagen gesagt?«

Da sahen die Geprellten sich an, zuckten die Achseln und gingen ihres Weges. Nur ein Passagier fuhr fort, Herschel zu bedrängen: »Wenn du keinen Pferdewagen hast, was soll dann die Peitsche?«

»Kennt Ihr nicht das Sprichwort: Wenn man mit der Peitsche knallt, findet sich immer ein Esel?«

Herschel von Ostropol war einmal Diener bei einem Rabbi. Eines Tages kam eine Jüdin zum Rabbi, aber der war nicht daheim. Da machte sich Herschel einen Spaß und gab sich für seinen Herrn aus.

»Rebbe«, sagte die Jüdin, »meine Tochter – gesund soll sie sein – liegt schon drei Tage in Wehen und quält sich, aber das Kind will nicht kommen. Ich weiß nicht, was ich tun soll.«

Herschel sagte der Jüdin, sie solle ihrer Tochter eine Kopeke auf den Nabel legen, dann würde das Kind bald da sein. Die Jüdin tat, wie ihr geheißen, und ihre Tochter brachte einen gesunden Buben zur Welt.

Ein paar Tage darauf kam die Jüdin zum Rabbi, um ihm zu danken. Der Rabbi wunderte sich, aber dann merkte er, dass Herschel hinter der Sache steckte. Er rief ihn herein, und Herschel musste den Hergang erzählen.

»Aber warum hast du der Jüdin gesagt, sie solle eine Kopeke auflegen?«

»Ich hab mir gedacht: Wenn ein armer Schlucker eine Kopeke sieht, wird er schon herauskommen.«

Herschel trank gern Wodka. Dem Rabbi, der ihm deshalb Vorwürfe machte, antwortete er, er tue es, um seine Sorgen zu ertränken.

»Und hast du sie ertränkt?«, fragte der Rabbi.

»Nein, sie können nebbich schwimmen.«

Erst auf dem Sterbebett geschah ein Wunder: Herschel bat um einen Krug Wasser, trank ihn aus und sagte zu den staunenden Umstehenden: »Was glotzt ihr so? Vor dem Tod soll man sich mit seinen Feinden aussöhnen.«

Als der Rabbi wieder einmal nicht daheim war, kam ein Chassid hereingestürzt. Herschel, der sich auf den Platz des Rabbi gesetzt hatte, fragte nach seinem Begehr.

»Rabbi«, flehte der Chassid, »ich war dicht vor den Toren der Hölle. Bitte, erlegt mir eine Buße auf.«

»Was ist geschehen?«, fragte Herschel.

»Ich fuhr auf den Jahrmarkt und übernachtete in einer Schenke. Im Dunkeln merkte ich nicht, dass ein schönes, ein christliches Mädchen im Bett lag. Und da habe ich aus Versehen ihre Brust berührt.«

»Und was weiter?«

»Ich bin weggerannt – und da bin ich.«

»Deine Sünde ist groß«, sagte der Schalk. »Ich muss dir eine schwere Buße auferlegen: Du sollst drei Tage lang Stroh kauen.«

Als das dem Rabbi zu Ohren kam, stellte er Herschel zur Rede. »Höre, du Nichtsnutz, was hast du jenem Juden für eine Buße auferlegt?«

»Rebbe«, entgegnete Herschel, »dieser Jude lag neben einem hübschen Mädchen und ist davongelaufen. Daraus schließe ich, dass er ein Esel ist. Und wenn er ein Esel ist, dann soll er auch Stroh kauen.«

Ein Reicher sagte zu Herschel: »Höre, wenn du mir, ohne nachzudenken, eine Lüge sagst, gebe ich dir einen Rubel.«

»Wieso einen?«, erwiderte Herschel. »Ihr habt mir doch zwei versprochen.«

Wenn ich nicht essen müsste«, sagte Herschel einmal, »wäre ich längst ein reicher Mann.«

Als Herschel einmal über Land wanderte, überholte ihn ein Magnat in einer prächtigen Kutsche. Der Magnat ließ halten und fragte: »He, Jude, woher bist du?«

»Aus Ostropol«, erwiderte Herschel, ohne sein Haupt zu entblößen.

Der Magnat runzelte die Stirn. »Und deine Kappe?«, rief er drohend.

»Die ist auch aus Ostropol«, entgegnete Herschel gelassen.

Ich bin stolz, dass ich ein Jude bin«, pflegte Herschel zu sagen. »Wenn ich nicht stolz wäre, wäre ich doch ein Jude. Also bin ich lieber gleich stolz.«

Als Herschel im Sterben lag, gab er seinem Sohn folgenden Rat: »In unseren heiligen Schriften steht geschrieben, dass bei der Ankunft des Messias alle Menschen ins Heilige Land aufbrechen werden. Die Kinder Israels werden über eine Brücke aus Spinnweben schreiten, und kein einziger Spinnwebfaden wird Schaden erleiden. Die Gojim aber werden über eine Eisenbrücke ziehen, und sie wird unter ihnen zusammenstürzen. Du bist mein Einziger, deshalb rate ich dir im Angesicht des Todes: Geh für alle Fälle über die Eisenbrücke.«

Sprüche

◈ Wer für einen Frühaufsteher gilt, kann bis Mittag im Bett liegen.

◈ Wenn die Mutter nach Zwiebeln riecht und der Vater nach Knoblauch, kann die Tochter nicht nach Rosen duften.

◈ Zum Traualtar lässt man sich führen; zur Scheidung läuft man von selbst.

◈ Mit dem Besuch eines Freundes ist es wie mit dem Regen: Man bittet darum, wenn er ausbleibt, und verwünscht ihn, wenn er zu lange dauert.

◈ Gäste und Fische haben eins gemein: Sie stinken am dritten Tag.

◈ Was der Mensch sich selbst antut, würden ihm zehn Feinde nicht tun.

◈ Fällt der Stein auf den Topf: wehe dem Topf; fällt der Topf auf den Stein: wehe dem Topf; in jedem Fall: wehe dem Topf.

◈ Wenn ein Mädchen hässlich ist, schiebt sie die Schuld auf den Spiegel.

◈ Frag einen Feind um Rat und mach es umgekehrt.

◈ Wahrhaft arm ist nur der, dem es an Verstand gebricht.

◈ Siebzig Jahre lang lernt der Mensch und stirbt unwissend.

◈ Was nützt mir meine Weisheit, wenn die Dummheit regiert.

◈ Ich bin ein Pechvogel: Hätte ich Kerzen zu verkaufen, würde die Sonne nicht untergehen.

◈ Ein Narr sagt, was er weiß; ein Weiser weiß, was er sagt.

◈ Wem Gott viel Leid bescheren will, dem gibt er viel Verstand.

◈ Schweigen ist ein Zeichen von Weisheit, aber Schweigen allein ist noch keine Weisheit.

◈ Besser mit einem Weisen in der Hölle als mit einem Narren im Paradies.

◈ Seitdem der Tod aufgekommen ist, ist man seines Lebens nicht sicher.

◈ Die Welt ist mein, sagt der Mensch bei der Geburt und hält die Fäuste geballt.
Ich nehme nichts mit, sagt der Sterbende und zeigt die geöffneten Hände.

◈ Ein guter Ruf geht weit, ein schlechter noch weiter.

- Der Teufel hole den Einfall, der einem zu spät kommt.

- Ein Mensch kann mehr ertragen, als zehn Ochsen schleppen können.

- Ein Geheimnis ist dein Gefangener, solange du es bewahrst; Du wirst aber sein Gefangener, sobald du es weitererzählst.

- Jeder hat sein Häuflein Mist vor der Tür.

- Gott erzürnen wir durch unsere Sünden, die Menschen durch unsere Tugenden.

- Berge kommen nicht zusammen, aber Menschen.

Juden und Karäer

Ein Kalif befahl einmal einen Disput zwischen einem Juden und einem Karäer. Wer beweisen könne, dass sein Glaube der ältere sei, dem versprach der Herrscher seine Gnade und kostbare Geschenke.

Am festgesetzten Tage fanden sich die beiden im Palast des Kalifen ein. Der Abgesandte der Karäer hatte prachtvolle Schuhe angelegt, der Jude jedoch hatte seine Schuhe ausgezogen und trug sie unter dem Arm. Als der Kalif den Juden barfuß eintreten sah, wurde er zornig und sagte drohend: »Du erscheinst ohne Schuhe vor meinem Angesicht?«

»Herr«, erwiderte der Jude, »dies ist bei uns ein Zeichen großer Ehrfurcht. Als Moses vor Gott stand, hatte er auch keine Schuhe an.«

»Nun gut, aber wozu trägst du sie unterm Arm?«

Darauf entgegnete der Jude: »Damit verhält es sich so: Als die Juden am Berge Sinai standen, mussten sie die Schuhe ablegen. Und als sie zurück ins Lager kamen und ihre Schuhe wieder anziehen wollten, fanden sie sie nicht: Ein Karäer war gekommen und hatte sie gestohlen. Deshalb war ich besorgt um meine Schuhe und trage sie unter dem Arm.«

Als der Karäer das hörte, geriet er in Wut und rief: »Das ist gelogen. Damals gab es noch gar keine Karäer.«

»Also«, der Jude lächelte, »gibst du zu, dass die Juden älter sind als die Karäer.«

Darauf wusste der Karäer nichts zu erwidern, und der Kalif beschenkte den Juden mit Gold und Silber und machte ihn zu seinem Wesir.

Wohin?

Es war vor mehreren hundert Jahren, als ein Rabbi aus seinem Haus trat, um in die Synagoge zu gehen. Da hielt vor ihm eine Kutsche, aus der der Landesherr stieg. »Wohin gehst du zu so früher Stunde, Rabbi?«

»Ich weiß es nicht, Fürstliche Durchlaucht«, entgegnete der Gefragte.

»Wie, du weißt es nicht? Du wagst es, mir auf diese Weise zu antworten, Jude? Ich werde dich lehren, deinem Fürsten mit Respekt zu begegnen!« Und er gab Befehl, den Rabbi ins Gefängnis zu werfen.

»Habe ich nicht die Wahrheit gesprochen?«, sagte der Rabbi zum Fürsten. »Wie konnte ich wissen, wohin ich gehen werde? Als ich mein Haus verließ, war mein Ziel der Tempel, doch jetzt führt man mich ins Gefängnis.«

Schajko und die Generäle

Beim Schein der Sabbatkerzen erzählten sich die galizischen Juden gern die unglaublichen Abenteuer des Schalks Schajko Fajfer. Eines Tages soll Schajko auf einer Landstraße in der Nähe Wiens dem Kaiser begegnet sein. Der Monarch ritt auf einem Schimmel, und neben ihm zwei Generäle. Als der Kaiser Schajko in seinem alten, abgeschabten Rock erblickte, fragte er ihn: »Sag mir, Freund, warum hast du nicht die fünf für die sieben vorbereitet?«

»Majestät«, antwortete Schajko, »meine zehn reichen nicht für meine zweiunddreißig.«

»Und wie oft bist du abgebrannt?«, fragte der Kaiser.

»Zweimal, und demnächst passiert es das dritte Mal.«

»Gut«, sagte der Kaiser, »ich schicke dir zwei Hähne, die kannst du rupfen.«

»Danke, Majestät! Ich werde sie nicht einmal rupfen, sondern zweimal.«

Nach einer Weile wagten es die Generäle, den Kaiser nach dem Sinn dieser Rede zu fragen. »Zum Donnerwetter!«, empörte sich der Kaiser, »dieser alte Jude hat mich doch verstanden – sollte der gescheiter sein als ihr? Denkt nach, bis morgen habt ihr Zeit herauszufinden, worum es ging. Wo nicht, schicke ich euch in die Wüste.«

Die Generäle ritten dem Schajko hinterher und fragten, als sie ihn eingeholt hatten: »Höre, Jude, worüber hast du mit Seiner Majestät gesprochen?«

»Das kann ich euch nicht verraten, es ist vertraulich«, beteuerte Schajko. »Aber für hundert Dukaten werde ich euch in das Geheimnis einweihen.«

Sie gaben ihm hundert Golddukaten, und Schajko begann: »Also hört: Der Kaiser hat mich gefragt, warum ich mich in den fünf warmen Monaten nicht auf die sieben kalten vorbereitet habe. Ich antwortete ihm, dass meine zehn Finger nicht ausreichen, damit meine zweiunddreißig Zähne zu beißen haben. Dann hat der Kaiser noch gefragt, wie oft ich abgebrannt sei, das heißt, wie viele Töchter ich verheiratet habe. Ihr müsst nämlich wissen, dass ein Jude dabei fast sein ganzes Vermögen einbüßt. Ich gab zur Antwort, dass ich zwei Töchter unter die Haube gebracht habe und dass die dritte bald unter dem Traubaldachin stehen wird.«

»Hast du uns alles gesagt?«

»Ja, alles.«

»Und diese Hähne?«

»Ach, das war nur so eine Abschiedsfloskel.«

Die Generäle kehrten zum Kaiser zurück und wiederholten, was sie gehört hatten.

»Sehr gut«, meinte der Monarch. »Und was hat es mit den Hähnen auf sich?«

Schweigen.

»Bis morgen erwarte ich die Antwort, wo nicht, könnt ihr euren goldenen Tressen ade sagen.«

Den Generälen blieb nichts weiter übrig, als den Juden noch einmal aufzusuchen, und wieder wechselten hundert Dukaten den Besitzer.

»Ist denn das so schwer zu erraten?« Schajko lachte. »Die beiden Hähne seid ihr, meine hochwohlgeborenen Herren Generäle, und ich habe euch nicht einmal gerupft, sondern zweimal.«

Nach wem soll er heißen?

Einem jungen Paar wurde der erste Sohn geboren, und es herrschte eitel Freude. Aber nicht lange, denn als es darum ging, welchen Namen das Kind erhalten solle, gerieten sich die Eltern in die Haare. Der Mann wollte es nach seinem Vater, die Frau hingegen nach ihrem Vater benennen.

»Dein Vater war ein Säufer!«, kreischte sie. »Nie werde ich zulassen, dass mein Kind, gesund soll es sein, nach einem Säufer heißt!«

»Und dein Vater war ein Dieb!«, schimpfte der Mann zurück. »Nimmermehr bekommt mein Sohn den Namen eines Diebes!«

So stritten sie und gifteten sich an, und da sie sich nicht einig werden konnten, gingen sie zum Rabbi.

»Wie hat Euer Vater geheißen?«, erkundigte sich der Rabbi bei dem Mann.

»Abraham.«

»Und wie hieß Euer Vater?«, fragte er die junge Frau.

»Abraham.«

Der Rabbi dachte lange nach, dann sagte er: »Ihr sollt Euern Sohn Abraham nennen.«

»Aber Rebbe, nach welchem Abraham sollen wir ihn denn nennen?«

»Das wird die Zeit lehren: Wächst der Junge zu einem Dieb heran, dann werdet Ihr wissen, dass er seinen Namen nach dem Vater der Mutter trägt. Wird er aber ein Säufer, dann ist es klar, dass er nach dem Vater des Vaters heißt.«

Besser ein Jude ohne Bart als ein Bart ohne Juden

Der Zar hatte einen Minister, und der Minister hatte einen Bart, einen schönen Bart – den schönsten Bart der Welt, wie der Minister behauptete. Einmal reiste der Zar durch das Land, und als er in die Residenz zurückgekehrt war, sagte er zu seinem Minister: »Wenn du glaubst, dein Bart sei der schönste Bart der Welt, so irrst du. Ich habe in einem kleinen Städtchen einen Juden gesehen, der hatte einen Bart, gegen den ist deiner ein Dreck.«

Der Minister wollte das nicht glauben.

»Wollen wir wetten?«, schlug der Zar vor.

»Gut, wetten wir.«

Nun, wenn der Zar wettet, dann muss es schon um tausend Rubel gehen, und der Minister setzte tausend dagegen. Der Zar schickte seine Boten in das Städtchen, damit sie ihm jenen Juden herbeischafften. Damals gab es noch keine Eisenbahn. Die Boten brauchten Wochen, bis sie das Städtchen erreichten. Als sie den Juden gefunden hatten, legten sie ihn in Ketten und brachten ihn in die Residenz. Dort musste er baden und saubere Kleider anlegen. Und weil es sich nicht schickt, einen Juden mit Bart und Schläfenlocken vor das Angesicht des Zaren zu führen, wurde er schließlich noch geschoren.

Da war der Bart ab.

Der Kutscher als Rabbi

Rabbi Jakob aus Dubno war in ganz Osteuropa wegen seiner Weisheit und seiner Predigten berühmt und wurde überall, wohin er kam, mit Ehren überhäuft. Als er eines Tages wieder auf Reisen war, sagte sein Fuhrmann zu ihm: »Rebbe, ich bewundere Euch, aber ich beneide Euch auch. Könnte ich doch nur einmal an Eurer Stelle sein und die Ehrerbietung genießen, die Euch die Leute entgegenbringen.«

»Nun«, sagte der Rabbi, »wir könnten ja dich für mich ausgeben. Aber es wird nicht gehen: Was willst du tun, wenn man dich bittet, ein schwieriges talmudisches Problem zu lösen?«

»Das lasst nur meine Sorge sein«, entgegnete der Fuhrmann. »Wenn Ihr mir nur gestatten würdet, für einen Tag Eure Stelle einzunehmen.«

Der Rabbi war einverstanden, und sie wechselten die Kleider.

Als sie in der Stadt ankamen, wurde der falsche Rabbi gebührend empfangen und bewirtet. Schließlich führte man ihn in die Talmudschule, und die Talmudgelehrten der Stadt baten ihn, mit ihnen ein kompliziertes philosophisches Problem zu erörtern, das sie vergeblich zu lösen versucht hatten.

»Was?«, gab der falsche Rabbi zur Antwort. »So eine simple Frage stellt ihr dem berühmten Rabbi von Dubno? Die Frage wird euch mein Fuhrmann beantworten. Kutscher, komm mal her!«

Eneni jodea

Nach dem Ausbruch des Ersten Weltkrieges besetzten russische Truppen ein galizisches Grenzstädtchen. Da Heckenschützen auf russische Soldaten geschossen hatten, sollte ein Exempel statuiert werden: Der Ortskommandant ließ den katholischen Pfarrer und den Rabbiner des Städtchens vorführen und forderte sie auf, einen Disput abzuhalten; Wer als Erster eine Frage nicht beantworten könne, solle als Geisel erschossen werden. Da meldete sich der Kutscher des Rabbi, er wolle anstelle seines Herrn mit dem Pfarrer disputieren. Der Offizier willigte ein, und der Pfarrer hatte angesichts eines so unterlegenen Gegners nichts dagegen, dass der Kutscher die erste Frage stellte.

»Was heißt ›eneni jodea‹?«, fragte der Kutscher.

Der Pfarrer, der gut Hebräisch konnte, antwortete, ohne zu zögern: »›Ich weiß nicht!‹«, und es kostete ihn das Leben.

Die Juden bewunderten den genialen Einfall des Kutschers. »Wie bist du bloß darauf gekommen?«

»Das war so«, erklärte der Kutscher, »vor einiger Zeit fragte ich unsern Rabbi, was ›eneni jodea‹ heißt, und er sagte: ›Ich weiß nicht.‹ Nu, dachte ich, wenn unser Rebbe es nicht weiß, wird der Priester es erst recht nicht wissen.«

Relativitätstheorie

Zum Rabbi kam ein Jude und klagte über seine beengten Wohnverhältnisse. »Stellt Euch vor, Rebbe: Mit der ganzen Familie in einem einzigen Stübchen. Es ist nicht zum Aushalten!«

Der Rabbi überlegte. Dann erkundigte er sich: »Hast du Haustiere?«

»Ja, ein paar Hühner und eine Ziege.«

»Nimm die Hühner und die Ziege mit in die Stube.«

»Oj, Rebbe! Wir haben doch so schon kaum Platz in der Stube.«

»Tu, was ich dir sage!«

Nach einer Woche kam der Jude wieder und bat: »Rebbeleben, erlaubt mir, dass ich die Tiere in den Stall zurückbringe.«

Der Rabbi hatte nichts dagegen. Ein paar Tage später fragte er den Juden: »Na, wie ist es jetzt bei euch mit dem Platz?«

»Rebbe, es kommt uns vor, als ob wir in einem riesigen Saal wohnen.«

Darauf der Rabbi: »Siehst du.«

Der Baumheilige

Trotz des unterschiedlichen Glaubens stand der Rabbi des Ortes mit einem Bauern auf gutem Fuß. Sie tauschten ihre Gedanken aus und schätzten einander. Nun wuchs vor dem Haus des Bauern ein prächtiger Nussbaum. Da der Bauer fürchtete, man werde nach seinem Tode den Baum fällen und zu Brennholz zerkleinern, fragte er den Rabbi um Rat, wie man dem vorbeugen könne.

Der Rabbi überlegte hin und her. Schließlich riet er dem Bauern, aus dem Baum einen Schutzheiligen schnitzen zu lassen und das Standbild vor seinem Hause aufzustellen. So geschah es auch: Wenig später schon stand das Heiligenbild vor dem Bauernhaus. Alle, die vorbeigingen, zogen ehrfürchtig den Hut – nur der Rabbi nicht. Den Bauern ärgerte das, und er stellte den Rabbi zur Rede. Der aber entgegnete ihm: »Lieber Freund, weshalb sollte gerade ich den Hut vor dem Heiligen ziehen? Ich habe ihn ja gekannt, als er noch ein Baum war.«

Die Buße

Zwei Chassiden begingen eine Sünde. Ich könnte erzählen, was das für eine Sünde war, doch schickt es sich nicht, davon zu sprechen. Wenigstens bereuten die beiden: Sie gingen zum Rabbi und baten, er solle ihnen eine Buße auferlegen. Nachdem der Rabbi sie angehört hatte, sagte er: »Ihr habt eine schwere Sünde begangen, und dementsprechend wird eure Buße sein. Ihr sollt Erbsen in eure Schuhe tun und eine Woche lang in diesen Schuhen laufen.«

Die Juden gingen heim, und jeder tat, wie ihm geheißen. Nach ein paar Tagen trafen sich die beiden auf der Gasse. Der eine konnte kaum gehen und stöhnte vor Schmerzen, dem andern aber war gar nichts anzumerken.

Sagt der erste: »Hast du denn das Gebot des Rebben nicht befolgt und keine Erbsen in den Schuhen?«

»Gewiss hab ich. Ich hab sie bloß vorher gekocht.«

Die Scheidung

Zum Rabbi kam einmal ein Jude, der war an siebzig Jahre alt. »Rebbe, ich will mich von meinem Weib scheiden lassen.«

»Was? Ein alter Jude, ein Greis, dem plötzlich einfällt, sich scheiden zu lassen? Wie lange seid Ihr schon mit Eurem Weib verheiratet?«

»An zweiundfünfzig Jahr.«

»So lange habt Ihr nun mit ihr in Frieden gelebt, und jetzt bekommt Ihr Lust, Euch scheiden zu lassen?«

»Das müsst Ihr verstehen, Rebbe«, sagte der Jude. »Ich will es Euch erklären: Ich war achtzehn Jahre alt, da hat man mich mit dem Mädel verheiratet. Eine Woche nach der Hochzeit habe ich schon gemerkt, was für eine Hexe ich da gekriegt hatte. Ich wollte mich auf der Stelle scheiden lassen. Sagt mir mein Vater, er ruhe in Frieden: ›Das ist eine Schande vor der Welt, eine Woche nach der Hochzeit und schon Scheidung. Wart noch etwas, du wirst sehen, vielleicht fängt sie an, dir zu gefallen.‹ Also hab ich noch ein paar Wochen gewartet. Derweilen ist mein Weib schwanger geworden. Als ich wieder zum Vater von Scheidung sprach, sagt er: ›Es ist doch eine Schande vor der Welt, dein Weib geht schwanger, und du willst sie verlassen.‹ Also musste ich weiter warten. Mein Weib brachte einen

Jungen zur Welt, gesund soll er sein – musste ich warten, bis sie ihn großgezogen hatte. Und kaum war sie fertig mit dem Jungen, ging sie schon wieder schwanger. Musste ich weiter warten. Dann wuchs unsere Tochter heran, gesund soll sie sein – mussten wir Hochzeit machen für die Tochter, konnte ich mich doch wieder nicht scheiden lassen. Nun hab ich, dem Herrn sei's gedankt, eine ganze Menge Töchter, und das hat gedauert und gedauert. Erst gestern hab ich die letzte verheiratet. Jetzt ist es genug, jetzt kann ich mich endlich scheiden lassen. Zweiundfünfzig Jahre lang hab ich darauf gewartet.«

Das Wunder

Ein Wunderrabbi erzählte seinen Schülern folgende Legende: »Eine arme Mutter setzte ihr Kind im Walde aus, denn sie hatte kein Geld, es zu ernähren. Ein Köhler hörte das Kind wimmern, kam herbei und wollte ihm helfen. Aber er konnte es nicht, denn er war so arm, dass er selbst nicht satt zu essen hatte. Da geschah ein Wunder: Gott ließ ihm Milchbrüste wachsen, und der Köhler nahm das Kind, legte es an die Brust und stillte es.«

»Rebbe« wandte einer der Schüler ein, »die Geschichte versteh ich nicht. Wenn Gott Wunder tun kann, wozu braucht er so eine ausgefallene Sache wie Frauenbrüste bei einem Mann? Warum hat er nicht einfach einen Beutel mit Goldstücken neben das Kind gelegt? Da hätte der Köhler Milch kaufen und das Kind ernähren können.«

»Falsch!«, entgegnete der Rabbi. »Überleg doch mal: Wenn Gott ein Wunder tun und dem Mann Brüste wachsen lassen kann, wozu braucht er dann bares Geld auszugeben?«

Die Armen im Jenseits

Ein Rabbi predigte am Sabbat in der Synagoge, dass die Armen dieser Welt im Jenseits reich und die Reichen arm sein werden. Tags darauf meldete sich bei ihm ein armer Jude. »Rebbe, ist es wirklich wahr, dass die Armen im künftigen Leben reich sein werden?«

»Davon bin ich fest überzeugt.«

»Dann habe ich eine große Bitte an Euch. Könntet Ihr mir nicht auf meinen zukünftigen Reichtum hundert Rubel leihen? Im Jenseits werde ich Euch das Geld zurückzahlen.«

Der Rabbi öffnete wortlos die Geldkassette und zählte hundert Rubel ab. »Sagt mir doch, wozu braucht Ihr das Geld?«, fragte er den Bittsteller. »Wollt Ihr davon leben?«

»Wo denkt Ihr hin, Rebbe! So ein Kapital vergeudet man doch nicht. Nein, ich habe ein glänzendes Geschäft in Aussicht. Ich kann für meinen Laden billig Waren einkaufen, die mir hundert Prozent Gewinn einbringen werden.«

»Wenn das so ist, dann werdet Ihr ja reich. Und wenn Ihr auf dieser Welt reich seid, werdet Ihr im Jenseits arm sein. Wovon wollt Ihr mir dann Eure Schulden zurückzahlen?« So sprach der Rabbi und verschloss das Geld wieder in der Kassette.

Das Meerwunder

Es lief einmal ein Schiff nach Amerika aus. Auf dem Schiff waren Engländer und Deutsche und Russen. Und es fuhr auch ein Chinese mit und ein Jude. Unterwegs kam ein Sturm auf, das Schiff drohte jede Minute zu sinken. Da beratschlagten die Leute auf dem Schiff, was zu tun sei, und sie meinten, dass das Schiff zu schwer sei und man etwas über Bord werfen müsse. Sie suchten und fanden einen Korb mit Äpfeln, den warfen sie ins Wasser. Doch die Lage des Schiffes wurde damit nicht besser. Da beschlossen sie, einen Menschen ins Meer zu werfen. Aber wie kann man so mir nichts, dir nichts einen Menschen nehmen und ihn ins Meer werfen? Doch die Not war groß, und so ergriffen sie den Chinesen und warfen ihn über Bord. Aber auch das half nichts. Da berieten sie weiter und kamen zu dem Schluss, man müsste noch einen Menschen ins Meer werfen. Diesmal ergriffen sie den Juden und warfen ihn über Bord, und bald glätteten sich die Wogen.

Nach einer Weile wurde neben dem Schiff ein Walfisch gesichtet. Er wurde gefangen und an Bord gehievt. Als man den Wal aufschnitt, fand man in seinem Bauch den Korb mit Äpfeln und den Chinesen und den Juden, und was tat der Jude? Er verkaufte dem Chinesen Äpfel.

Seelenwanderung

Zwei arme Juden hatten einem reichen Bauern, während er sein Mittagsschläfchen hielt, ein Pferd vom Wagen ausgespannt und es im Wald versteckt. Doch dann bekam es der eine mit der Angst zu tun. Was wird, wenn der Bauer aufwacht? Er wird die andern Bauern des Dorfes zusammentrommeln, sie werden die Gegend absuchen, die Pferdediebe finden, und dann …

»Lass mich nur machen«, beruhigte ihn der andere. »Reite zum nächsten Pferdemarkt und verkaufe das Pferd, ich bleibe hier.« Und er ging zum Wagen des Bauern zurück und legte sich das Zaumzeug des Pferdes um.

Als der Bauer erwachte, glaubte er seinen Augen nicht zu trauen: Anstelle des Pferdes fand er einen Juden im Kaftan. Unter Tränen erklärte ihm der Jude, Gott habe ihn zur Strafe für seine Sünden in ein Pferd verwandelt, nun habe er bereut und sei wieder Mensch geworden. »Aber du hast mich gekauft, und jetzt werde ich auch als Mensch deinen Wagen ziehen müssen.«

Der Bauer hatte ein weiches Herz. »Wenn Gott dir verziehen hat, dann will auch ich dir verzeihen. Hier hast du einen Rubel, geh nach Hause.«

Nun aber brauchte der Bauer ein neues Pferd. Also

ging er auf den Pferdemarkt, und was sah er? Sein Pferd stand da! Er trat zu ihm heran, tätschelte ihm das Fell und flüsterte ihm ins Ohr: »Ha, du Racker, hast wieder gesündigt?«

Aus dem Räuberleben

Schlojme hatte das Schnorren satt. Er wollte unter die Räuber gehen. So nahm er sich eine Pistole – eine ungeladene, versteht sich, sie könnte ja, Gott behüte, losgehen, und legte sich im Wald auf die Lauer. Einen Kosaken und zwei Bauern ließ er ungeschoren passieren, sie waren ihm zu gefährlich. Schließlich kam ein jüdischer Hausierer des Wegs.

»Geld oder Leben!«, schrie Schlojme, und ein wenig zitterten ihm doch die Knie dabei.

»Ihr habt mich aber ganz schön erschreckt«, meinte der Hausierer. »Was soll der Unsinn?«

»Was heißt Unsinn? Seht Ihr nicht, dass ich ein Räuber bin? Gebt sofort alles her, was Ihr bei Euch habt!«

»Und wovon soll ich nachher meine Familie ernähren, wenn ich Euch alles gebe?«

»Ja, das sehe ich ein. Also gut, gebt mir zwanzig Rubel, dann könnt Ihr weiterziehen.«

»Zwanzig Rubel?! Gewalt geschrien! Ich bin doch nur ein armer Hausierer!«

»Na, dann zehn Rubel.«

»Glaubt mir doch, mein Kapital ist so winzig, wenn ich noch etwas davon weggebe, habe ich nicht mehr genug, um für die nächste Tour Ware einzukaufen.«

»Aber Tabak werdet Ihr doch bei Euch haben?«

»Hab ich.«

»Also dann gebt mir wenigstens eine Prise Tabak.«

Vom später berühmten Rabbi Jonathan Eybeschütz wird erzählt:

Als er sieben Jahre alt war, schickte sein Lehrer ihn nach Bier. Als der Knabe um Geld bat, machte sich der Lehrer einen Spaß und sagte: »Bier für Geld bringen ist keine Kunst. Bier ohne Geld bringen ist eine Kunst.« Jonathan ging fort, kam bald zurück und reichte dem Lehrer den leeren Krug. »Wo ist das Bier?«, fragte der. Darauf der Knabe: »Aus einem vollen Krug trinken ist keine Kunst. Aus einem leeren Krug trinken ist eine Kunst.«

Von Rothschild erzählte man sich die folgende Anekdote:

Als der Herzog von Gramont ihn in seinem Kontor in Frankfurt aufsuchte, sagte Rothschild, ohne im Schreiben innezuhalten: »Nehmen Sie sich 'n Stuhl.«

Als der Herzog nach einigen Minuten ungeduldig wurde und indigniert auffuhr: »Herr Baron, ich bin der Herzog von Gramont!«, sagte Rothschild nur: »Nehmen Sie sich noch 'n Stuhl.«

Geschäftstüchtig

Bei einem Getreidehändler arbeiteten zwei junge Leute, Joel und Henoch. Henoch bekam sechs Gulden Wochenlohn, Joel nur drei. Eines Tages fasste sich Joel ein Herz und fragte seinen Chef, warum er nur halb so viel Lohn erhalte wie Henoch.

»Ich werd dir beweisen, dass das seine Richtigkeit hat«, antwortete der Kaufmann. »Auf dem Marktplatz sind Fuhrwerke eingetroffen. Sieh nach, was sie geladen haben.«

Joel kam zurück und berichtete: »Sie haben Mais geladen.«

»Dann sieh nach, wie viel Mais sie geladen haben.«

Joel eilte davon und meldete wenig später: »Sechzig Zentner.«

»Nun frag, woher dieser Mais kommt.«

Joel, außer Atem zurück: »Sie sagen, aus Jablonow.«

»Nun frag, für wen er bestimmt ist.«

Auch das brachte Joel in Erfahrung: »Für Pinkas Berger.«

»Ausgezeichnet«, meinte der Kaufmann. »Und nun ruf mir den Henoch.«

Henoch erhielt den gleichen Auftrag. Nach zwanzig Minuten kam er und meldete: »Die Bauern haben aus Jablonow sechzig Zentner Mais für Pinkas Berger angefahren. Ich habe ihnen pro Sack fünf Heller mehr geboten. Der Mais liegt schon in unserm Speicher.«

»Da siehst du«, belehrte der Kaufmann den schwerfälligen Joel, »geschäftstüchtig muss man sein.«

Ein paar Tage später wurde die Frau des Kaufmanns plötzlich krank. Joel wurde nach dem Doktor geschickt. Eine Viertelstunde verging, eine halbe Stunde verging ... Erst nach vierzig Minuten erschienen nacheinander: der Arzt, der Rabbi, ein Vertreter des Gemeinderats, der Friedhofsverwalter und vier Juden von der Bestattungsbruderschaft mit einem Sarg. Diesmal hatte sich Joel als überaus umsichtig erwiesen.

Das Depositum

An einem Freitagabend kam bei Einbruch der Dämmerung ein Jude, der auf der Durchreise war, zum Rabbi des Städtchens.

»Rabbi«, sagte er, »ich habe zwanzigtausend Rubel bei mir. Der Sabbat ist nahe, ich darf das Geld nicht bei mir behalten. Aber ich kenne hier niemanden. Könntet Ihr es nicht für mich aufbewahren?«

»Gut«, sagte der Rabbi. Er ließ die Mitglieder des Gemeinderats als Zeugen rufen, nahm das Geld entgegen und legte es in die Kasse.

Am Sonntagmorgen fand sich der Jude wieder beim Rabbi ein. »Ich komme um mein Geld, Rabbi.«

»Welches Geld?«, fragte der Rabbi verwundert.

»Aber Rebbe, ich habe Euch doch vor Zeugen zwanzigtausend Rubel zur Aufbewahrung übergeben. Der ganze Gemeinderat war dabei.«

Der Rabbi ließ die Mitglieder des Gemeinderats holen und fragte sie: »Wisst ihr etwas von irgendwelchem Geld, das mir dieser Jude gegeben haben will?«

»Nichts wissen wir, Rebbe«, beteuerten sie einstimmig.

»Gott behüte!«, rief der Fremde. »Ich habe doch vorgestern in eurer Gegenwart dem Rebben zwanzigtausend Rubel zur Aufbewahrung übergeben.«

»Das hören wir zum ersten Mal«, versicherten sie.

»Ihr könnt gehen«, sagte der Rabbi.

Als der Gemeinderat gegangen war, öffnete der Rabbi die Kasse, nahm die zwanzigtausend Rubel und händigte sie dem erstaunten Juden aus.

»Rebbe, was hat das zu bedeuten? Wozu die ganze Komödie?«

»Ich wollte Euch nur zeigen, mit was für Leuten ich täglich umgehen muss.«

In der Bahn

Zwei Juden, ein junger und ein älterer, sitzen sich im Eisenbahnabteil gegenüber. Fragt der Jüngere den Älteren: »Verzeihung, können Sie mir sagen, wie spät es ist?«

Keine Antwort. Der junge Mann drückt sich gekränkt in die Abteilecke. Doch kurz vor Lublin hält er es nicht mehr aus und sagt entrüstet: »Mein Herr, vor einer halben Stunde habe ich Sie höflich nach der Uhrzeit gefragt, und ich möchte wirklich wissen, warum Sie sich nicht zu einer Antwort herabgelassen haben.«

»Das will ich Ihnen erklären, junger Mann: Sie fragten mich nach der Uhrzeit, nicht wahr? Gewiss, ich hätte meine goldene Uhr aus der Tasche ziehen und Ihnen sagen können, wie spät es ist. Was wäre gewesen? Wir wären ins Gespräch gekommen: ›Was für eine schöne Uhr Sie haben.‹ – ›Ja, sie geht auf die Minute.‹ – ›Wohl ein Erbstück?‹ – ›Nein.‹ – ›Gewiss gehen die Geschäfte gut.‹ – ›Ja, ich kann nicht klagen.‹ – ›Womit handeln Sie, wenn man fragen darf?‹ – ›Mit Getreide.‹ – ›Wohnen Sie in Lublin?‹ – ›Allerdings.‹ – ›Sie haben dort sicher eine schöne Villa?‹ – ›Ja.‹ – ›Haben Sie Familie?‹ – ›Ja, ich habe zwei hübsche Töchter.‹ Nu, und was wäre am Ende herausgekommen? Sie hätten mich in meiner Villa besucht, ein paar Tage später hätten Sie um die Hand meiner ältesten Tochter angehalten – und nun sagen Sie selbst, junger Mann: Wie kann ich meine Tochter Esther mit einem Mann verheiraten, der nicht mal eine Uhr hat?«

Das Telegramm

Moses Rosenfeld war in Geschäften unterwegs. Die Verhandlungen zogen sich hin, so dass er es nicht mehr schaffen würde, rechtzeitig zum Sabbat zu Hause zu sein. Er beschloss also, seiner Frau zu telegrafieren, und setzte folgenden Text auf:

»Meine liebe Sara! Geschäfte gut abgeschlossen. Kann leider nicht zum Sabbat zurück sein. Ankomme Sonntag. Dein Mann Mojsche.«

Als er das Telegramm aufgeben wollte, sagte der Schalterbeamte: »Das ist ja eine ganze Epistel, das wird teuer. Ich würde Ihnen raten, ein paar Wörter zu streichen.«

So machte sich Moses Rosenfeld ans Streichen. Er überlegte: »Meine«: Nu ja, wessen sonst? Sie weiß doch, dass sie mir angehört – gestrichen. »Liebe«: Dass ich sie liebe, muss ich ja nicht immer wiederholen, ich hab es ihr oft genug bewiesen – gestrichen. »Sara«: Nu, wie sie heißt, wird sie wohl selbst am besten wissen – gestrichen. »Geschäfte gut abgeschlossen«: Hab ich jemals einen schlechten Abschluss getätigt? Überflüssig, zu erwähnen – mit meiner Geschäftserfahrung! – gestrichen. »Kann leider nicht zum Sabbat zurück sein«: Pardon – wenn ich könnte, wäre ich dann nicht rechtzeitig zum Sabbat daheim? Ist es ein Vergnügen, in einer fremden Stadt in einem fremden Bett zu übernachten? Wenn ich nicht zurück bin, dann konnte ich nicht, das weiß sie – gestrichen. »Ankomme Sonntag«: Nu, da ich am Sabbat nicht fahren kann, versteht es sich wohl von selbst, dass ich am Sonntag fahren werde – gestrichen. »Dein«: Ha, ich sollt's mal versuchen, nicht der ihre zu sein, da wär was fällig! – gestrichen. » Mann«: Ja, wer bin ich denn? Ihr Freund? Ihr Liebhaber? Als wenn sie nicht genau wüsste, wer vor dreiundzwanzig Jahren mit ihr unter dem Traubaldachin gestanden ist – gestrichen. »Mojsche«: Nu, wie ich heiße, wird sie wohl noch wissen – gestrichen.

Und Moses Rosenfeld ging zum Schalter und sagte: »Danke, es hat sich erledigt.«

Ausgerechnet

Der Krämer Amschel aus dem galizischen Sambor ist geschäftlich in Wien. Als er sich auf dem Bahnhof die Rückfahrkarte kaufen will, vernimmt er, wie ein elegant gekleideter Herr vor ihm ebenfalls ein Billett nach Sambor verlangt.

Er glaubt, sich verhört zu haben – was sollte ein so vornehmer Herr in Sambor verloren haben? Doch tatsächlich steigt der Herr in denselben Zug ein. Die Sache lässt Amschel keine Ruhe, er beginnt zu kombinieren: Was hat der Herr in unserm gottverlassenen Nest zu suchen? Vielleicht ist er auf Brautschau? Kaum. Der einzige vermögende Mann bei uns ist Simon Stern, und der hat seine Jüngste vor zwei Jahren verheiratet. Geschäfte? Was kann man bei uns schon für Geschäfte machen! Plötzlich geht dem Krämer ein Licht auf: Natürlich, das ist es! Pinkas Berger, der alte Fuchs, hat zum dritten Mal Bankrott erklärt. Zweimal ist er mit heiler Haut davongekommen, diesmal sieht's brenzlig aus. Also braucht er einen guten Rechtsanwalt. Aber kann er sich das leisten – einen Anwalt aus Wien? Amschel sinniert weiter: Stimmt ... Pinkas Berger hatte doch einen Neffen, bei dem er Vormund war. Das Geld möchte ich haben, das der alte Halunke dabei für sich herausgeschlagen hat! ... Der Junge hat später die Matura gemacht und Jura studiert, dann soll er in Wien eine Anwaltskanzlei aufgemacht haben ... Natürlich hat er seinen Namen geändert. Wie hat er doch gleich geheißen? Richtig: Levi hieß er. Und wie könnte er jetzt heißen? Loewy? Nein, das klingt noch zu jüdisch ... Löwe vielleicht? Immer noch zu ähnlich ... Halt, ich hab's!

Amschel eilt ins Ersterklasseabteil und begrüßt den fremden Herrn: »Guten Tag, Herr Doktor Liebermann!«

Der Herr mit dem goldgeränderten Kneifer misst ihn von Kopf bis Fuß und sagt verwundert: »Ich erinnere mich nicht, Ihre Bekanntschaft gemacht zu haben. Woher wissen Sie, wie ich heiße?«

»Das hab ich mir ausgerechnet!«

Worin besteht die Weisheit des Talmud?

Ein Talmudgelehrter wurde einmal gefragt, worin eigentlich die Weisheit des Talmud bestehe.

»Das ist sehr schwierig«, antwortete er dem Frager. »Ich will es Euch an einem Beispiel erklären und Euch eine talmudische Frage stellen: Zwei Juden wandern über die Dächer einer Stadt. Der eine schaut in einen Schornstein hinein und lehnt sich dabei so weit vor, dass er hineinfällt. Der zweite will ihm helfen, aber er fällt auch hinein. Wie sie nun herauskommen, ist der eine schwarz von Ruß, der andere ist sauber geblieben. Welcher wäscht sich?«

»Der Schmutzige natürlich.«

»Falsch, der Saubere geht sich waschen, denn er sieht, dass der andere schmutzig ist und glaubt, er selbst sei es auch. Der Schmutzige aber sieht, dass der andere sauber ist, und glaubt, er sei auch sauber. Also wäscht er sich nicht.«

»Aha«, sagte der Frager.

»Das ist aber erst der Anfang«, fuhr der Talmudist fort. »Ich will Euch eine zweite Frage stellen: Die beiden fallen noch einmal in den Schornstein, einer kommt schwarz heraus, der andere sauber. Welcher wäscht sich?«

»Jetzt weiß ich's: der Saubere.«

»Nein, beide. Der Schmutzige sieht, dass er schmutzig ist, also wäscht er sich. Der Saubere aber sieht den Schmutzigen und glaubt, er sei auch schmutzig, also geht er sich waschen. Aber das ist noch nicht alles. Ich will Euch eine dritte Frage stellen: Zwei Juden gehen über die Dächer und fallen in einen Schornstein. Einer kommt schwarz heraus, der andere sauber. Welcher wäscht sich?«

»Beide.«

»Wieder falsch. Keiner von beiden geht sich waschen. Der Saubere sieht, dass er sauber ist, also braucht er sich nicht zu waschen. Der Schmutzige aber sieht, dass der andere sauber ist, also glaubt er, dass er auch sauber sei, und geht sich nicht waschen. Es geht aber noch weiter. Die beiden fallen wieder in den Schornstein, einer kommt schwarz heraus, der andere sauber. Welcher wäscht sich?«

»Ich weiß es nicht.«

»Nun, der Schmutzige natürlich. Weshalb sollte sich denn der saubere waschen? Der Schmutzige aber sieht, dass er schwarz ist, also geht er sich waschen. Ich sagte ja, dass es sehr schwierig ist. Aber auch damit sind wir noch nicht am Ende. Erstens: Habt Ihr schon einmal zwei Juden über die Dächer spazieren sehen? Und gesetzt den Fall, sie taten es: Selbst wenn einer in den Schornstein gefallen wäre, wozu sollte der andere ihm unbedingt folgen? Also nehmen wir einmal an, es war so. Ist es jemals vorgekommen, dass von zwei Männern, die durch den gleichen Schornstein gefallen sind, der eine schwarz herauskommt und der andere sauber? Seht Ihr, so ist es mit dem Talmud.«

Wozu?

In einem Eisenbahnabteil fahren zwei berühmte Rabbiner. Stunden vergehen, die beiden Weisen wechseln kein einziges Wort. Schließlich sagt einer der Mitreisenden, durch das Schweigen irritiert: »Gestatten Sie mir eine Frage: Sie sind beide berühmte Talmudisten. Ich hatte gehofft, Zeuge eines interessanten Gesprächs zwischen Ihnen zu werden, aber Sie haben noch kein Wort gesprochen. Wie kommt das?«

»Sehen Sie«, entgegnet der eine Rabbiner, »er ist ein großer Rabbi, und ich bin ein großer Rabbi. Er weiß alles, und ich weiß alles. Wozu sollen wir noch miteinander disputieren?«

Juden und Antisemiten

Die Welt schreit: Antisemiten! Antisemiten! Und es gibt sie, die Antisemiten. Aber lasst uns doch mal beide betrachten: Juden und Antisemiten.

Wenn ihr einen Goj fragt, was er von den Juden hält, so wird er euch zur Antwort geben: »Die Juden? Ein abscheuliches Volk, lauter Schwindler, Betrüger und Diebe.«

»Nun, was haltet Ihr denn von Nathan?«

»Nathan? Ja, das ist ein anständiger Mensch. Er hat mir mein Heu abgekauft und einen sehr guten Preis gezahlt.«

»Und wie denkt Ihr über Schmul?«

»Schmul? Das ist der tüchtigste Mann, der mir je begegnet ist. Er hat für mich mit dem Gutsherrn verhandelt, und das hat er ganz ausgezeichnet gemacht.«

Und so wird euch der Goj von jedem einzelnen Juden nur Gutes berichten. Fragt ihr einen Juden, was er denn von den Juden hält, so wird er euch entgegnen: »Was soll das? Die Juden sind das auserwählte Volk, ein Volk mit Klugheit und Verstand, unter allen Völkern das weiseste.«

»Nun, und was für eine Meinung habt Ihr von Bede?«

»Was? Der Gauner? So einen miesen Kerl hat die

Erde noch nicht getragen. Er hat bei mir Getreide gekauft und mich betrogen nach Strich und Faden.«

»Und was meint Ihr zu Izchok?«

»Der Lump? Der verfluchte Schweinehund?!«

Und die gleiche Auskunft wird euch der Jude geben über Schmul, Nathan und jeden Mann aus dem Volke Israel.

Gojim und Juden

Der Mensch gleicht einem Schneider: Ein Schneider lebt sein Leben und stirbt, und der Mensch lebt sein Leben und stirbt. Und trotzdem sind nicht alle Menschen gleich. Betrachtet nur einmal den Unterschied zwischen einem Goj und einem Juden.

Der Goj wälzt sich morgens aus seinem Bett, fährt in Hemd und Hose, spritzt sich mit Wasser nass, und dann liegt er auf den Knien und stammelt seine Gebete. Darauf säuft er ein Glas Schnaps, schlingt ein Stück Brot in sich hinein, geht auf die Gasse und feilscht. Wenn ihn der Hunger zurück in die Kate treibt, setzt er sich zu seiner Schlampe und seinen Bastarden, frisst und säuft und läuft wieder hinaus, die Welt zu betrügen. Abends rennt er in die Kirche und bekreuzigt sich wie ein Esel, trottet zurück in seine Kate, stopft sich den Wanst voll, lässt sich ins Bett fallen und schnarcht.

Aber der Jude! In der Früh erhebt er sich von seinem Lager, zieht seine Kleider an, wäscht sich, wie es sich gehört, und spricht sein Morgengebet. Hernach kostet er ein Gläschen vom Selbstgebrannten, nimmt ein Stück Brot zu sich und eilt hinaus zu seinen Geschäften. Mittags kommt er heim, setzt sich zu Tisch mit seinem Weib und seinen Kindern – sollen gesund sein –, spricht den Segen, isst, dankt und begibt sich dann wieder zu seinen Geschäften. Abends geht er ins Bethaus und verrichtet sein Abendgebet. In sein Heim zurückgekehrt, speist er zur Nacht, betet und legt sich schlafen.

So reißt der Goj seine paar Jahre herunter, und wenn er verreckt – nicht auf euch sei's gesagt –, wirft man ihn in eine Grube und scharrt ihn ein.

Aber der Jude: Er lebt in Frieden, so lange ihm beschieden ist, und wenn er das Zeitliche segnet, bringt man ihn auf den Friedhof und bettet ihn zur letzten Ruhe.

Nachwort

Dieser Band will das Erbe bewahren helfen, das uns eine fast untergegangene Volkskultur hinterlassen hat, er will die Erinnerung wachhalten an eine Welt, die durch das scheußlichste Verbrechen der Menschheitsgeschichte beinahe völlig vernichtet wurde: die Welt der osteuropäischen Juden. Damals lebte in Polen (besonders in den südöstlichen Landesteilen), der Ukraine, Weißrussland und Litauen eine starke jüdische Minderheit, die sich nicht nur durch ihre Religion, sondern auch in Sprache, Kleidung und Brauchtum von ihrer Umgebung unterschied. Diese Besonderheiten waren das Ergebnis einer fast zweitausendjährigen Geschichte.

Als die Juden nach ihrem missglückten Aufstand gegen die Römer aus Palästina vertrieben wurden und sich über die ganze Welt zerstreuten, blieb ihnen über die Jahrhunderte hinweg nur ein Band, das sie einte: ihre gemeinsame Religion. Die aber wurde ihnen in der Zeit der Kreuzzüge, als eine Woge der Intoleranz über Europa hinwegrollte, zum Verhängnis. Als Europas Ritterheere unter dem Vorwand der Verteidigung des Christentums gegen den islamischen Orient zogen, kam es auch in Europa, besonders in den jüdischen Gemeinden Deutschlands, zu grausamen Verfolgungen. Damals wanderten große Teile der deutschen Juden nach Osteuropa aus, wo die polnischen Könige ihnen Zuflucht gewährten.

Aus Deutschland brachten sie ihre Sprache mit, die bis in die Gegenwart lebendig geblieben ist und um die Jahrhundertwende von Mendale Mocher Sforim, Scholem Alejchem und Izchok Perez auch in die Literatur eingeführt wurde: Das Jiddische ist in seinem Kern eine deutsche Mundart, die hebräische und (weniger zahlreich) slawische Lehnwörter in sich aufgenommen hat. Wegen dieser Lehnwörter ist das Jiddische, das mit hebräischen Buchstaben geschrieben wird, für den deutschen Leser nicht ohne weiteres verständlich – das gilt folglich auch für Witze, die ihre Pointe aus der Sprachdifferenz ziehen und deshalb nicht in diese Sammlung aufgenommen wurden.

Um dem Leser immerhin einen Eindruck vom Reiz dieser Art von Witzen zu vermitteln, seien hier einige Beispiele eingestreut:

Herschel findet seinen Freund Jankel in ein Buch vertieft. Jankel murmelt vor sich hin: »Zu Dionys, dem Tyrannen – a beesen Mejlach schlich – is sech geschlochen – Möros, den Dolch – a Chalef – im Gewande – in sajn Malbesch …«

Herschel: »Was machste da, Jankel?«

Jankel: »Ich tajtsch (übersetze; wörtlich: verdeutsche) mer den Schiller.«

Ein Witz aus dem zaristischen Russland:

Ein Wolgadeutscher steht vor Gericht, weil er Pferde gestohlen haben soll. Doch er kann kein Russisch, und da kein Dolmetscher zur Hand ist, holt man einen Juden, der fließend Deutsch zu sprechen behauptet. Der Richter fragt den Angeklagten, weshalb er die Pferde gestohlen habe, und der Jude übersetzt: »Reb Dajtsch, der Oden frejgt ajch, farwos ir hot gelakchent die ssussim.«

Der Deutsche: »Ich verstehe nicht.«

»Wos hajßt, ir farschtejt nischt? Men frejgt ajch, farwos ir hot gelakchent di ssussim!«

»Ich verstehe kein Wort!«

Darauf der Jude zum Richter: »Wasche Blagorodije, Deutsch versteht er auch nicht.«

Und ein drittes Beispiel:

Zwei Juden aus der Ukraine treffen in Berlin ein. Mit Verwunderung hören sie, wie die Leute auf der Straße reden, und einer sagt zum andern: »Her, wi sej hobn ruinirt unser Schprach!«

Im Mittelalter waren die Juden in Osteuropa – wie im ganzen übrigen Europa – den verschiedensten Diskriminierungen unterworfen: Für ihr Asylrecht mussten sie eine Sondersteuer entrichten; in den Städten lebten sie isoliert im Judenviertel und galten nicht als vollberechtigte Bürger; sie durften kein Land kaufen und konnten daher keinen Ackerbau treiben; aus den Zünften waren sie ausgeschlossen, so dass sie in der Regel auch kein Handwerk ausüben konnten; der Besuch höherer Schulen und der Eintritt in den Staatsdienst war ihnen verwehrt. Infolge dieser Beschränkungen blieben für die Juden nur die Gewerbe übrig, die im Mittelalter als ehrlos galten, und so befassten sie sich gezwungenermaßen vornehmlich mit Kleinhandel und Geldgeschäften. Wenn dann einzelne Juden zu Wohlstand gelangten, war es für die Obrigkeit ein Leichtes, die Unzufriedenheit der Volksmassen mit den sozialen Missständen auf die ausgegrenzten Juden abzulenken. Die Folge waren periodische Judenverfolgungen.

Angesichts der permanenten Diskriminierung verwundert es nicht, wenn die Juden dem Staat, der sie in Rechtlosigkeit hielt, skeptisch gegenüberstanden – viele Witze, besonders die, in denen es um den Militärdienst geht, belegen dies (im zaristischen Russland mussten die Wehrpflichtigen bis zum Alter von fünfundzwanzig Jahren dienen).

Während die Juden Westeuropas durch die bürgerlichen Reformen relativ früh der übrigen Bevölkerung rechtlich gleichgestellt wurden und sich ihr rasch assimilierten, blieb diese Möglichkeit den osteuropäischen Juden noch lange Zeit verwehrt. Der Glaube an den eigenen Status als auserwähltes Volk und die Hoffnung auf den Messias, der sie umso eher erlösen würde, je größer ihre Not war, machten diese Lage erträglicher, trugen aber in Gestalt orthodoxer Einflüsse auch zum Bestehen der Isolation bei.

Auffällige Eigenheiten gab es neben der Sprache auch bei der Tracht: Als die Mitglieder der jüdischen Gemeinden in West- und Mitteleuropa sich längst so kleideten wie die übrigen Bürger des Landes, trugen die osteuropäischen Juden noch immer den traditionellen Kaftan, ließen sich Bart und Schläfenlocken wachsen, woran die orthodoxen Juden bis in die Gegenwart festhalten.

Den inneren Zusammenhalt der jüdischen Gemeinden gewährleistete außerdem das Festhalten an der mosaischen Religion und den traditionellen Vorschriften. Sie boten dem Einzelnen Halt in der Glaubensgemeinschaft. Tägliche Gebete waren für den frommen Juden eine Selbstverständlichkeit, ebenso die strikte Einhaltung der Sabbatruhe. Der Sabbat beginnt am Freitagabend bei Anbruch der Dunkelheit und dauert bis Samstagabend. In dieser Zeit darf ein Jude keinerlei Arbeit verrichten (in den jüdischen Städtchen Osteuropas waren daher jeweils ein paar Nichtjuden angestellt, die sogenannten Sabbatgojim, um die auch am Feiertag notwendigen Arbeiten zu verrichten), er darf nicht reisen, kein Feuer anzünden und infolgedessen auch nicht rauchen. Die verzwickten Speisevorschriften der Juden sind schon in der Bibel aufgezählt – am bekanntesten ist das Verbot, Schweinefleisch zu essen, das denn auch Gegenstand zahlreicher Witze geworden ist.

Eine sehr sinnvolle und sozial bedeutsame Vorschrift der jüdischen Religion war das Mildtätigkeitsgebot. Es verpflichtete jeden Juden, arme Mitmenschen materiell zu unterstützen, und da nach jüdischem Glauben der Mensch im Jenseits an seinen irdischen Taten gemessen wird, war dieses Gebot durchaus wirksam. Es bildete die Grundlage für das im jüdischen Milieu verbreitete »Schnorren«, das mit Betteln nicht hinlänglich übersetzt wäre. Da jeder Jude kraft rituellen Gebots seine Habe mit den Bedürftigen zu teilen hatte, hielten es die Schnorrer für ihr gutes Recht, von Glaubensgenossen, die in besseren Verhältnissen lebten, mit Geld bedacht oder wenigstens beköstigt zu werden, und manche von ihnen traten dementsprechend fordernd auf. Die Frechheit der Schnorrer ist folglich auch Gegenstand zahlreicher Witze und Geschichten.

Es soll vorgekommen sein, dass die Einwohner eines wohlhabenden jüdischen Städtchens, um dem Mildtätigkeitsgebot genügen zu können, einen armen Schnorrer von auswärts zu sich einluden, und als man ihn eines Tages zurechtwies, weil er zu anmaßend geworden war, drohte er: »Ich fahre sofort wieder nach Hause zurück, dann könnt ihr sehen, an wem ihr eure Mizwes (religiösen Gebote) erfüllt!«

Die zentrale Gestalt in jeder jüdischen Gemeinde war der Rabbi – kein Wunder also, dass sich viele Anekdoten und Witze um seine Person drehen. Der Rabbi war vor allem Talmudgelehrter. Er legte die religiösen Schriften aus, wachte über die Einhaltung der rituellen Vorschriften und entschied Rechtsstreitigkeiten. Seine Stellung in der Gemeinde und seine Gelehrtheit ließen ihn zum Ratgeber nicht nur in religiösen Fragen, sondern in allen Angelegenheiten des täglichen Lebens werden. Allerdings ist das Bild, das wir von ihm erhalten, nicht immer eindeutig. Aus der jiddischen Literatur kennen wir die Gestalt des weisen, gütigen Rabbis, der eine Verkörperung echter Menschlichkeit ist. Es gab aber auch den harten, dogmatischen Gesetzeswächter.

Als Reaktion auf die dogmatische Talmudgelehrsamkeit entstand um die Mitte des 18. Jahrhunderts im Milieu der ostjüdischen Gemeinden die oppositionelle Strömung des Chassidismus, die sich gegen die Erstarrung des religiösen Lebens wandte. Ihr Begründer Baal Schem Tow verkündete, dass man Gott weniger mit dem Befolgen starrer Vorschriften gefalle als mit freudiger Lebensbejahung, die sich bei den Chassiden u. a. in Gesang und Tanz äußerte.

Bei orthodoxen Rabbinern und aufklärerischen Kreisen fand das wenig Anklang, in der breiten Bevölkerung hingegen gewann der Chassidismus zahlreiche Anhänger.

Ungeachtet dessen hielt die Mehrheit der osteuropäischen Juden bis ins 20. Jahrhundert an den traditionellen rituellen Vorschriften fest. Dazu gehörte auch das Studium der religiösen Schriften, zu dem nicht nur die Geistlichkeit, sondern jeder jüdische Mann verpflichtet war.

Schon die Knaben (Mädchen und Frauen waren von dieser Bildungsform in der Regel ausgeschlossen) lernten in der jüdischen Schule, dem Cheder, Hebräisch (die Sprache der Bibel) und Aramäisch (die Sprache vieler nachbiblischer Schriften), übten sich in der Interpretation von Bibel und Talmud und im religiösen Disput. Wer intelligent genug war, besuchte als junger Mann die Talmudhochschule (Jeschiwa). Deren Ziel war nicht irgendeine Berufsausbildung, sondern ausschließlich, die Kenntnis der religiösen Schriften zu vermitteln. Nun kann man sich kaum eine religiöse Literatur vorstellen, die so umfangreich und kompliziert wäre wie die jüdische, daher lernte auch der erwachsene Jude nie aus, und der (religiös) Gebildete, der sein ganzes Leben mit dem Studium des Talmud zubrachte, genoss die größte Achtung. Freilich wurde diese Achtung oft damit erkauft, dass die Ehefrau für den Unterhalt der Familie sorgen musste, während ihr Mann über den Büchern saß.

Diese Praxis hatte zur Folge, dass das durchschnittliche Bildungsniveau bei den osteuropäischen Juden weit höher lag als bei der Masse der übrigen Bevölkerung. Das ständige geistige Training schärfte ohne Frage den Intellekt. Daher ist es nicht erstaunlich, dass die Juden nach ihrer Emanzipation in die akademischen Berufe drängten und in Wissenschaft und Kultur Überdurchschnittliches leisteten.

Ohne die jahrhundertelange Beschäftigung mit talmudischer Kasuistik wäre auch der Witz der Juden kaum von jener Treffsicherheit und Hintergründigkeit, die wir so an ihm bewundern. Das Um-die-Ecke-Denken, das die komische Wirkung vieler Witze ausmacht, ist zugleich eine säkularisierte Form des Talmuddisputs und seine Persiflage.

Dieses Genre der Volksliteratur, das in seiner unverwechselbaren Eigenart nur die Welt des osteuropäischen Judentums hervorbringen konnte, ist noch gar nicht so alt, wie es zunächst scheinen mag. Im Mittelalter hielten sich die Juden an das Bibelwort »Wohl dem, der nicht sitzt, da die Spötter sitzen«. Aus dieser Zeit sind uns zwar Anekdoten, Schnurren, Schelmengeschichten überliefert (von denen unser Band einige enthält), für die Entstehung dessen, was wir heute als Witz bezeichnen, fehlten aber damals die Voraussetzungen: Der Witz lebt davon, dass er alles in Zweifel zieht – eine für den tief in seinem Glauben verwurzelten mittelalterlichen Menschen sehr fremde Geisteshaltung. Die Stunde des Witzes schlug erst, als mit dem Aufstieg des Bürgertums und der Verbreitung des Gedankenguts der Aufklärung auch die physische und geistige Befreiung der jüdischen Bevölkerung auf der Tagesordnung stand. Infolgedessen stammen die meisten Witze des Bandes aus der Zeit der Emanzipation in Osteuropa – dem 19. und anbrechenden 20. Jahrhundert, als es auch eine breite Wanderbewegung der jüdischen Bevölkerung Richtung Westeuropa und in die neue Welt gab.

Dieses Genre hat seinen Ursprung im Spannungsverhältnis zwischen den nach Aufklärung und sozialem Fortschritt strebenden Kräften und den konservativen, orthodoxen, reaktionären Kräften im eigenen und im fremden Lager.

Dabei ist bemerkenswert, dass sich die Witze, soweit sie uns überliefert sind, stets auf die Seite der Vernunft, der Menschlichkeit, des Fortschritts stellen – sie attackieren Rückständigkeit, Intoleranz, Diskriminierung, Untertanengeist, Habgier, Heuchelei, Bildungsmangel. In diesem Zusammenhang ist ein starkes selbstkritisches Element nicht zu übersehen – die Fähigkeit zur Selbstironie ist so groß, dass mitunter die eigene Sache in Frage gestellt scheint.

Am heftigsten war die Auseinandersetzung zwischen Altem und Neuem auf dem Gebiet der Religion und des Kultus. Die religiösen Riten waren es ja, durch die das über die Welt verstreute Judentum jahrhundertelang seinen Zusammenhalt bewahrt hatte. Wurden sie aufgegeben, schien alles verloren. So wird nachvollziehbar, warum die aus Westeuropa eindringenden neuzeitlichen Vorstellungen in den ostjüdischen Gemeinden auf den erbitterten Widerstand besonders der orthodoxen Rabbiner und Gemeindevorsteher stießen. Eine Lockerung der strengen rituellen Vorschriften und eine größere Freizügigkeit des Denkens war jedoch auf die Dauer unvermeidlich.

Die Witze bieten vielfältige Beispiele dafür. Es beginnt mit dem Stoßseufzer eines frommen Juden: »Herr, du hast uns auserwählt unter den Völkern – aber warum ausgerechnet uns?!«, und konnte mit der Preisgabe der Religion der Väter enden.

Die Witze der osteuropäischen Juden sind eine Form der Wirklichkeitsbewältigung, ein Mittel, sich mit den Widrigkeiten des Lebens auseinanderzusetzen, Kritik an dem zu üben, was als überlebt erkannt war, und sie sind mehr als das.

»Hier wird nicht etwas über das Volk ausgesagt, sondern es tritt das Volk selber vor dem Leser auf, so wie es ist, ungeschminkt und unverschleiert.«

(Olsvanger)

Abschließend einige Bemerkungen zu dieser Auswahl. Ich habe mich auf eine Reihe Sammlungen gestützt, die größtenteils Anfang des 20. Jahrhunderts erschienen sind. Unter ihnen sind die bedeutendsten die von Olsvanger (»Mit rosinkes und mandlen«, Basel 1914; »Rejte pomeranzen«, Berlin 1935) und Bernstein (»Jüdische Sprichwörter und Redensarten«, Warschau 1908); beide haben ihr Material in Jiddisch aufgezeichnet. Auf den genannten fußen zahlreiche spätere Sammlungen, die teils in Hochdeutsch, teils in einem deutsch-jiddischen Mischjargon dargeboten werden (z. B. Moszkowski: »Jüdische Kiste«, Berlin 1923).

An neueren Ausgaben seien erwähnt: Salcia Landmann: »Der jüdische Witz«, 5. Aufl. Olten 1962 und Horacy Safrin: »Przy szabasowych świecach«, Warschau 1964 (polnisch).

Ich habe mich bei der Zusammenstellung und Übertragung durchgängig für ein nur hier und da umgangssprachlich gefärbtes Hochdeutsch entschieden. Mir ist klar, dass dies ein Notbehelf ist, da mit der Sprache viel vom spezifischen Kolorit ihrer Träger verloren geht. Ich konnte daher nur Witze und Anekdoten auswählen, die ihre Qualität aus der inhaltlichen Komponente beziehen. Ein Witz hört auf, einer zu sein, wenn man ihn erklären muss.

Entstanden ist eine Auswahl, die dem Leser hoffentlich viel Vergnügen bereitet.

Jutta Janke

Die Originalausgabe erschien 1975 im Verlag Volk und Welt (DDR).
Neuausgabe in reformierter Rechtschreibung.
Das Nachwort wurde redaktionell überarbeitet.

ISBN 978-3-359-02378-4

1. Auflage dieser Ausgabe

Umschlaggestaltung: Verlag
Druck und Bindung: Multiprint, Bulgarien

Ein Verlagsverzeichnis schicken wir Ihnen gern:
Eulenspiegel · Das Neue Berlin Verlagsgesellschaft mbH & Co. KG
Neue Grünstraße 18, 10179 Berlin
Tel. 01805/30 99 99 (0,14 €/Min., Mobil max. 0,42 €/Min.)

Die Bücher des Eulenspiegel Verlags erscheinen
in der Eulenspiegel Verlagsgruppe.

www.eulenspiegel-verlagsgruppe.de